后来的傍晚

蔡大虎 著

山东文艺出版社

图书在版编目（CIP）数据

后来的傍晚 / 蔡大虎著. —济南：山东文艺出版社，2021.10
ISBN 978-7-5329-6451-2

Ⅰ.①后… Ⅱ.①蔡… Ⅲ.①诗集—中国—当代
Ⅳ.①I227

中国版本图书馆 CIP 数据核字（2021）第 193411 号

后来的傍晚

HOULAI DE BANGWAN

蔡大虎　著

主管单位	山东出版传媒股份有限公司
出版发行	山东文艺出版社
社　　址	山东省济南市英雄山路 189 号
邮　　编	250002
网　　址	www.sdwypress.com
读者服务	0531-82098776（总编室）
	0531-82098775（市场营销部）
电子邮箱	sdwy@sdpress.com.cn
印　　刷	济宁市火炬书刊印务中心
开　　本	787 毫米 × 1092 毫米　1/16
印　　张	14.5
字　　数	112 千
版　　次	2021 年 10 月第 1 版
印　　次	2021 年 10 月第 1 次印刷
书　　号	ISBN 978-7-5329-6451-2
定　　价	42.00 元

版权专有，侵权必究。如有图书质量问题，请与出版社联系调换。

蔡大虎
写诗的男人。
一九七九年出生于山东省汶上县。

为悦己者文
写给相通的灵魂

参见

公众号二维码　　微信二维码

春雨夜

娘子，春雨贵如油，
下得不是时候。
多作为，你不去走海棠大道，
醒得比二月芝淘早。
吾晨从故始，周倦依旧。
平阳清浅。忙甲及我仍化他们脚下。
四月葱葱，勿念。

你所寄参料已服。
余我活力夺人喜，唯欢色次佐。
故心瓜意泻，一时难补。
伴序仔。吾忆志与故南出。
仍顾托无得幼，喜故只发表时。
幸仔瞳戎。
唯晨起立时，细观北湖云雪，
甚想你素颜。
愧我少不更事，要你辛劳如惶，
待来世。吾将爱一一归还。

昨夜，吾与友微醉湖边。
鸣川风起，娘子勿忘添衣。
春雨之夜，如仔，
均甚得我意。

辛二几。皮

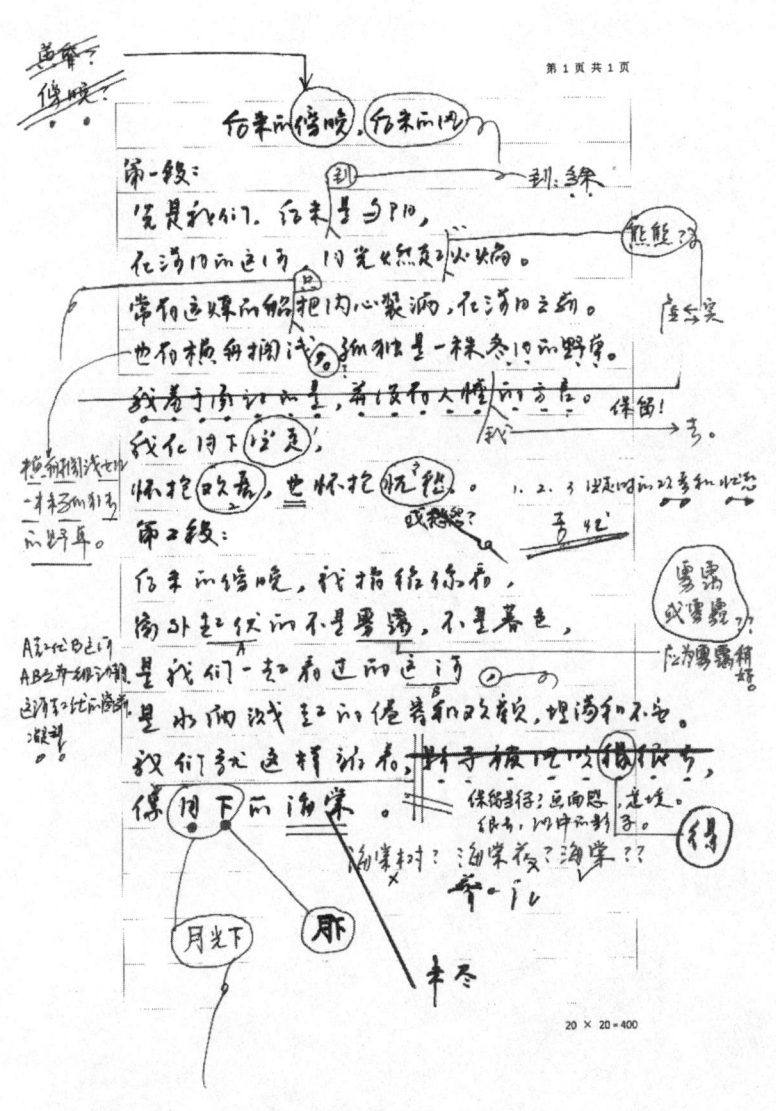

　　小虎从小就听话。

　　后来，俺俩才知道他要出书。俺家祖辈里就没几个文化人。供他上学，就图他以后能有个风不着雨不着的饭碗，领着一家子人稳稳当当地过日子。

　　好好过日子，不容易，办点正事。

　　这就是俺俩的愿望。

　　俺俩七十多岁了，很知足！

蔡启林
王秀芬

序

听闻你的诗歌结集出版,我心头大喜。后来你竟然邀我作序,又着实吓我一跳。诗歌于你而言,分量和意义之重,我自然懂得。可我一介布衣,平日里并无建树,更无光环,人微言轻啊。这都哪儿跟哪儿啊?这一惊一喜、一轻一重,让我在这个十二月的冬夜里,彻夜惶惑不已。

我与你的相识,就像春天的来临,是经过了层层铺垫的。

我的好兄弟从来不喝酒。他说:"大虎重情重义,是个好伙计。"我心里想:大虎,这名字倒是直白。只闻其名的话,确有呼啦啦一下子扯开大衣所有扣子给人看胸膛的感觉。

我那个官运亨通、经常喝酒的同学说:"对了,有个人给你们推荐推荐,工作能力很强,会写诗,叫蔡大虎。"我心里又想:呵呵,会写诗?有酒就一定有诗吗?

后来就见到了你,后来就常在学校见到你。有时陪着领导来调研检查,有时独自一人悄悄地到处观察、到处溜达。普普通通，精神的短发，笑眯眯的脸，喜欢走在人群的旁侧，刻意躲避着镜头，走路还有些晃膀子。给人的第一印象，既不像局长，也不像诗人。

一年半后的一个深夜，读着："我从来不曾像现在这样，感受冬天的酒，像一株被点燃的芦苇，感受湖水的滚烫和冰凉。我那喝酒脸红的兄弟，也曾是惧怕夜色的人。如今，我们只想在夜色里飞，怀抱空荡荡的戒心。"（《喝酒脸红的兄弟》）那晚，并不曾饮酒的我，在暗夜里，脸竟然涨得通红。是，我曾经对你的身份有着偏见，有着鄙夷，就是因为我对世俗"怀抱着空荡荡的戒心"。而你，我的兄弟，恰恰是那个穿行于闹市而怀瑾握瑜的人。

其实，我就是个一个极普通的老师，从没做过一官半职，也没有吟安过一个字。目前为止，最大的"官职"是在一所学校里当班主任。我就是一个从微山湖畔赤着脚跑到城市里，来讨新生活的农家子弟。我们两个不是发小，不是同学，不沾亲带故，更没有利益纽带。平日里，接触甚少。男人们之间惯于攒聚的饭局，我们俩几乎从没有过交集。不可思议，仅仅半年多时间，我竟成了你的好兄弟，微信、短信中言之的"建华胸"（你总是故意取"兄"之谐音）。或许，在外人看来，我有攀附之嫌，可我心里却极为坦坦荡荡。因为我懂得：重情义的你，善良，会写诗的你，真诚。

四月中，我带着病重的父亲去北京治疗。你几乎每天都打电话给我，问病情，问所需。我也是接近五十岁的人了，一字真情就能触到内心深处。二十日深夜，你写道："情之所起，我心柔软无比。竟恍闻家父唤吾小名。至此，愿你我见谅苍穹和大地，并安慰一切吧。建华兄，四月过半。返校时，莫忘开窗，幸福的眼泪，颗颗都在窗外的花上。"（《建华兄，北京一行顺否》）大虎，你不知道，读到这首诗时，我正站在北京那所医院长长的走廊里，彼时内心煎熬不已。

因为父亲，我决意此生要与你成为好朋友。

我永远忘不了消瘦的父亲无力地躺在沙发上对我说："七十三啊，七十三，不好过啊。"说完，眼角堆满了老泪。我不忍心看，赶紧岔开了话题，说一些无聊的话，安慰他。大虎，现在，泪水又蒙住了我的眼睛。我从十二三岁的时候就住在微山县鲁桥镇上的中学里，父亲当兵转业后在济宁工作。我们爷俩，见面很少。有一次父亲骑着那辆老金鹿送我返校，不记得一路上我们爷俩说了什么，在我的印象里好像都是沉默着的。

送我到了学校,父亲站在破旧的铁大门的门外,向我挥挥手,然后转过身,骑上车去济宁。我站在原地,看那个背影消失在越来越浓的暮色里,心里堆满了孤独。"当年你送我去闯荡。现在,我成了你的远方。""我在阳台。屋里很暗。父亲弓着腰趴在茶几上的影子,摇曳在墙壁上。我心里很不是滋味。"这是你在父亲节那天写的《长大后,我就成了你》里面的句子,"儿子的手机联系人里,我是老蔡。我的手机通讯录里,老蔡是父亲,按姓氏排列是L。记得一次回老家时,我在客厅翻找自己的手机,顺手拿起父亲的老年机拨号。号码拨出,老年机模模糊糊的屏幕上,赫然出现一个特别大的字,儿。"一个字,让我的泪夺眶而出。

大虎,我们各自的父亲,是我们心里的山。

二〇〇一年寒意料峭的初冬,你带着七岁的小其轩去北京看病,偷偷一个人溜到北京医院小花园的角落里,泪流满面。在人来人往的住院区,全然不顾所谓的面子和孤傲……现在的其轩同学,已然能在高中的各个楼层和班级乱窜了,是不是向你汇报哪个女生化了妆,哪个女生个子高,入了他的法眼?也是二〇〇一年,我抱着我的小牧童,目睹着医生把粗大的针管插进他的脊椎。四岁的他,紧盯着我的眼,一声不吭。我至今想来还心尖尖颤。现在,小牧童也已经能一边拉着我在操场上跑十圈,一边跟我商量他对未来的打算。

大虎,我们自己,是爱子们心里的山。

我喜欢读你的《第一个清晨》,像一面刚刚擦拭干净的镜子,像刚刚被融雪洗过的春山。"母亲叫醒我时,她刚从屋后的山坡上回来。兜子里的棉桃,个大皮薄,闪着羞怯清秀的光。""爱人在清晨梳洗,为彻夜不眠的诗人,轻递柔软的纸巾。她温柔的样子,像诗经里的小妹。"这些诗句,总让我想起小时候疯玩晚归,母亲站在胡同口,手里提着昏黄的煤油灯;还总能想起来那一片一片翻滚的麦浪,一个一个暮色四合的傍晚……

我们的母亲,我们的爱人,我们的青春……镌刻在年轻的记忆里,永远。你说了"即使流着眼泪,也要相互提醒带上笑容"。你就是我们身边那个惊艳了时光,温柔了岁月的人。

像你一样,"我其实从心里很希望我是一个更善于表达的人。我希望我能拥抱我的老父亲,拥抱我的家人,拥抱我爱的人,亲昵地亲口对他们说'对不起,我爱你'"(《长大后,我就成了你》)。谢谢你,兄弟。伟大的歌手,总能唱出我们内心深处蜗居的沉默。没有你的诗歌,我的家人恐怕一辈子也听不到我也能跟他们说这些话。对于家人们,对于我自己,那该是多大的遗憾啊!

对亲人有着深入肺腑的爱恋,这是天性,是血脉;若对身外生命亦能温柔相待,就是真正的深于情者,几近于道了。你写《北湖的孩子》《春天·孩子》《妈妈的哑巴孩子》,你说"我能记住的只有孩子。每个孩子的脸都不一样,就像每一粒饱满的种子"。"有一群等待开学的孩子,在欢快的雨里,憧憬着人生,将怎样翻山越岭。"你写《再见,附中》《老师,您好》《礼赞北湖老师——秋天的爱人》。我必须代表所有老师感激你,你说"一想起你,我的心就是完整的。你在十里荷花的月下,领着孩子们奔向远方。而有的人,一生都未曾披戴过月光"。你怀揣着赤诚的教育情怀,爱孩子,敬老师,甘心做一粒粗糙的石子。大虎,我觉得,其实你比那些忘记了初心的所谓的官员更有力量。

作为老师,我喜欢和学生一起晨读。课堂上,我和孩子们一起朗诵,比谁的嗓门大,比谁的感情更充沛,我和孩子们互相欣赏。我读:"如何让孩子们强大，对未知不再恐惧？如何让山河互换，供奉浓烈的爱？"（《如何》）读那首用沾满着悯惜的笔墨描述的送快递的人的生活："在楼群间的空地上接受期待、斥责和谢谢。空地之外，芦苇在焦急地寻找着，一条新运河的走向。"（《送快递的人》）字里行间贯穿着对天地万物的悲悯。真是"情之所钟，正在我辈"（王戎语）！晋人从性情的真率和胸襟的宽仁建立新生命。大虎弟，你亦然。

大虎，我觉得，北湖的山水花木应该感激你。你让它们的世界展露出最动人的样子。记得《聊斋志异》里有一段"花仙奇缘"，说的是洛阳城里有一个叫常大用的人，酷爱牡丹。他跑到曹州，天天等着牡丹开放。待牡丹含苞欲放时，他已身无分文了。此等深情，让牡丹很感动，便化作人间一艳丽女子，嫁给了大用。该不是昔时洛阳城的常大用，变成了今天济宁的蔡大虎了？你的爱人，我那温柔娇美的弟妹，是否也曾名唤"葛巾"？

你说："我对大好河山和草木生灵报以深深的敬意，我落泪，是因为动情。"你写《放个雷子，我们在春日饮酒》《写三行诗，给秋天的北湖》《盛夏北湖》《北湖第一场雪》；你写《春雪》，写《春雨夜》，写《凌晨两点的雾》；你写《一条谭岗路，流苏花盛开》，写《许庄的紫玉兰》；你写《好看的鸟雀飞在空荡荡的夜晚》《哈士奇》，甚至写《水边的石头》和《运河的木头》……司空图曰："天风浪浪，海山苍苍。真力弥满，万象在旁。""俱道适往，著手成春。"你的笔下气象万千，文字轻盈飘逸，唯美的意象，处处流溢。去大自然寻美，追随着大自然的创造，也是你澄净心灵的写照。

我还特别喜欢《哑巴诗人》："天空怎么那么远，妈妈。那么大的天，那么大的空。""妈妈，再没有一行大雁飞过我们的头顶。"每次读到这些句子，我心里就像燃放了一个大雷子，脑袋瓜子嗡嗡响。这些年，生活的挫败感、生命的虚无感，也常常笼罩在我的心头，就像浓重的雾霾，让人无法痛痛快快地呼吸。时光如梭，青春已逝，一路跌跌撞撞，生活的热情和憧憬，几乎成了风中的纸屑，心底不时会涌起莫名的忧郁和感伤。我也常常在深夜里醒来。北湖的夜，静得适合让人找自己。北湖宁静的夜，更适合让人与自己握手言和。我想，人到中年若还不快乐，大概是因为不知如何心平气和地和自己相处吧。深夜适合触摸隐秘的灵魂。打开你的公众号，开始读你的诗（好几次想，要是读你的纸质的诗集就更惬意了)。夜和诗的交错,让我恍惚,也让我沉醉。诗里的意象,会让人产生错觉,让人觉得微醺。就像你的诗句:"每当我沉默地看它们时,它们会在风里摇晃,好像能读懂一个消瘦的中年人,丰满的心事。"

我来北湖两年多了,当初确是怀着一颗逃避的心来的,希望可以在陌生的环境,在熟悉的微山湖水的浸染里,遮蔽自己忽而存在的虚空,安置对生活和生命的放逐。当时校长问我,为什么要来北湖?我说:想要那每月多一点的补贴。一念间,自恃清高的我竟然堂而皇之地脱口而出,连自己都吃惊。按说,回答组织的问询,怎么也得言辞恳切、慷慨激昂地提及实现人生价值之类的话题吧。现在想想,也许是我潜意识里下决心撕掉伪饰的一种勇气。以此时心境来看,我的选择没有错。大虎,我羡慕你在青岛的流浪:"午夜,我光着脚,嘴角桀骜地叼着点燃的烟。使劲地踢打百盛商场门前的果皮箱。第一个,第二个,第三个,果皮箱翻滚,委屈地蜷缩,再蜷缩。哪个离我近我踢哪个。听它们在那条百年的街道里发出清脆的声响。"(《行走,行走》)我绕过故乡的山水流浪到喧闹的城市,再逃出熙熙攘攘,寄身于运河边,蜗居于北湖畔。兜兜转转,其实仍是漂泊于一城一地。我身，或可安，命，却实实难立！我不甘心握在手里的是一地荒凉，空空如也；我还是希望我的生命温柔而有力，希望"时光懂我，我亦未曾负了时光"。即使这是一个让人慌乱的世界。《秘密》中有一句很经典的话：你生命中所发生的一切，都是你吸引来的。"正如太白湖的涓涓细流，日夜喧响，终归还是会汇聚到滔滔运河。终归是万物世事，教会我们，即使摸爬滚打，仍要对生活感恩戴德。"大虎，于我而言，北湖的水波、芦苇、蒲荻是得道仙人潇洒甩出去的拂尘，你的诗就是他口里的那一声"无量天尊"。我懂得，有寿命的东西，都会衰竭。《圣经》里有句话说得真好："人活多年，就当快乐多年。然而也当想到黑暗的日子，因为这日子必多，所要到来的都是虚空。"你告诉我，要接受现实，接受爱情的逝去，接受替代而来的亲情，接受岁月静好，就像接受每个人都会老，都会死一样。人生短暂，我得快点振作起来。五十知天命，我的天命就是必须要给父母依靠，让妻儿安心，给自己好好活着的念想和动力。

我和你是喝酒脸红的兄弟，但是我喜欢慢慢品尝你用空明的觉心酝酿的酒："借父亲的锡壶，温热一地月光……我微醺的眸子，有白色的水雾";（《三杯》）"春日，你如果去湖边，一定要挑个水边无人、云不藏雨的日子。你会看到湖心的对鸭，冬日的晨雾刚刚散去"（《放个雷子，我们在春日饮酒》）；"倒满这杯酒。别回望运河搁浅的船帆，荒芜的葡萄园。篱笆和人都修剪整齐了"（《喝点酒是必须的》）；"我悲伤你的眼光，和这一片片霜"（《今夜，我是一个醉酒的汉子》）……陶渊明爱酒，追求"心远地自偏"的意境。精神的淡泊，是艺术空灵化的基本条件。晋人王荟说得好："酒正自引人著胜地。"这使人人自远的酒把人引入的胜地是什么？不正是人生的广大、深邃和充实吗？

诗和春都是美的化身。我不懂诗，但是我渴望"一朵微小的花，对于我可以唤起不能用眼泪表达出的那样深的思想"（华兹华斯），渴望在和谐的旋律里，探寻能洗涤心境的美的踪迹，更渴望在纯粹和温暖里，镶嵌一段欢愉的生活。大虎，"一切语言都有局限"，以上文字，仅作自言自语，仅作兄弟之间的彻夜聊资，万不可作序。如若你仍意气用事，你、我及这本干净的集子，都必抱愧蒙羞。不过，我有个请求，你得答应。有机会的时候，我们一定要"放一个雷子。从今天起，奉天承运，不去湖边，不看云，只做自己王朝里的真命天子"。我等着那一天。

爱，是这个世上最强大的能量。

真希望读到这本诗集的人，都有缘，都读出自己，都被爱包围，热爱余生。

侯建华

二〇二〇年十二月二十九日晚

遇 见

  我从未曾给别人写过序，亦不会写序。只是平时自己喜欢看点有意思的文字，有时自己也写点东西而已。其实，我是通过朋友圈转发的蔡先生的诗歌，才认识他的。于蔡先生，我仅算是一位普通读者，我们从没见过面，更谈不上熟悉。然而，承蒙先生抬爱，不嫌我文笔拙劣稚嫩，诚意相邀，一定请我从陌生读者的角度，提提意见。我感动欣喜至极，难却其诚，赧颜为文。

  缘分。所谓缘分，就是遇见了该遇见的；一切的相识、相逢、相遇，都是因为缘分的指引。当你打开这本书的时候，就是在缘分的指引下和作者相遇了，相遇在书店，相遇在咖啡馆，相遇在烟雨迷蒙的初夏，相遇在雪花飞舞的冬季……午后的阳光是那样暖，慵懒地洒下斑驳的影，读诗的你，思绪在光影里起舞；浅浅的夜，是那样静，明月清风里飘来花的香。读诗的你，心情慢慢如花绽放。啊，我们相遇了，在诗歌里相遇了，省略了一切问候，省略了所有的往事。所有的相遇，都是那样美好。相遇即是缘，缘深缘浅，陪你一程，在诗歌里与你同行。惜缘。

　　遇见。在这本诗集里，你会遇见美好，自然的美好和人性的美好。自然之美在笔尖跳跃，在诗人眼睛里，每一朵浪花都有不同的声音，每一串柳芽都有不同的故事，新鲜的湖水拍打出陈旧的往事；在大颗大颗的清晨里，鸟雀高高低低地飞，花儿揉着眼，散发着慵懒微醺的气息；千亩荷塘，碧波荡漾，芦苇丛中鸥鹭交颈相拥；半城湖水一城星，在皎皎月光下，草丛里散落着不肯睡去的眼睛；把所有的灯都点亮，把所有的姑娘都喊来，在湖边和李白、杜甫对饮……美，美不胜收。每一句话，都是一幅美妙的画卷；每一首诗，都饱含对生活的热爱。这些司空见惯的画面，在我们眼里，在我们心里，但是却难以被我们捕捉，呈现在笔端。然而，诗人却从从容容，行云流水般，就给我们描绘出了一个落英缤纷的桃花源。

　　诗人有一双发现美的眼睛，跟随着他的目光，我们感受到了自然之美。在他的笔下，人性之美更是熠熠生辉：初恋的甜蜜、忧伤，穿越时空，还在散发清香；"是谁递过令人脸红的小纸条，班主任的脸贴在后窗"；岁月褪去诗人青春的懵懂羞涩，诗歌里飘散出烟火气：你的碎花围裙已洗得泛白，我还在埋怨你做菜放多了盐；孩子在清晨朗读，厨房飘来炝锅面的香；给你想要的口红，给你低头清浅的吻，给你万家灯火的窗，一个男人的身影……这就是生活，这就是有温度的生活，这是从生活的烟火气里迸出来的诗歌。

　　柔肠百转的爱情，血脉相连的亲情，情深似海的友情，如同贝壳散落在退潮后的沙滩上，赤脚的孩子满心欢喜地捡拾起旧时光：喜欢喝点小酒的父亲絮叨着昔日的荣光，子女的幸福生活，让他的皱纹里都藏着极大的满足；勤劳隐忍的母亲，在夏夜的晚上摇着蒲扇纳凉，秋露微凉的早上，摘回来一布兜的棉花；姐姐温和地笑着，低着头，用一双巧手给弟弟编织出了蝈蝈笼子。这是中国无数个农村家庭的缩影，母慈子孝，和乐安康；父辈们面朝黄土背朝天，一生普通平凡，弯腰躬身只为让孩子们挺直脊梁；他们没有多少文化，却给了孩子诗和远方。诗人有情有义有情怀，诗人深沉的情怀更在于，心忧背父进京求医的朋友，千里之外传递兄弟深情；对于教育，他从不讲大道理，心里永远装着对老师的尊重、体贴和满腔赤诚；对于孩子，他坚定地告诉他们，所有的种子都有出头的希望；他感怀楼宇间穿梭的快递小哥……多真实，多美好！

在这本诗集里，你会惊艳于自然之美，你也会感喟于人性之美，你更会悄然邂逅世间的小美好。共享一本诗集的时光，轻嗅它散发着幽幽的墨香，朗读你喜欢的几行，你能感受到诗歌里流淌的浓浓真情。其实，阅读就是分享的过程。起码在这里，我们能暂别一下喧嚣的外界，感知内心的宁静，收获感动和自我。

每个沉静的夜晚，我都会读诗，那种感觉如同在光影摇曳的烛光下，浅酌慢饮一杯红酒。那一刻，我真的能感觉到，所有的自己都复活了。诗歌，从没有让我失望过！所以，我相信这本记录生活的诗集，也不会让你失望。

来，来，咱们慢慢读诗，慢慢找自己……

二〇二〇年五月一日

目 录

2020年第一场雪 /1

爱在薄雾升起时 /3

半城湖水一城星 /5

北湖的孩子 /7

北湖第一场雪 /10

最忆初见,北湖花家浅 /13

背一场雨 /16

不曾 /17

春天·孩子 /18

春雪 /19

春雨夜 /21

但是我不替它们说爱 /23

第一个清晨 /25

放个雷子,我们在春日饮酒 /27

风从深冬的湖心岛吹来 /29

父亲与镰刀 /31

敢不敢 /33

给你 /34

孤单 /36

哈士奇 /38

孩子,我并不准备告诉你更多 /39

喊一声,北湖 /42

好看的鸟雀飞在空荡荡的夜晚 /44

好时光 /47

喝点酒是必须的 /48

喝酒脸红的兄弟 /49

很多的芦苇,在湖面上飞 /51

红果冻 /54

后来,我见过的人都像你 /56

后来的傍晚,后来的风 /57

湖心岛来信 /58

欢喜晴 /60

假装 /62

建华兄,北京一行顺否 /63

今夜,我们聊聊这场雨 /65

今夜,我是一个醉酒的汉子 /67

他们叫你先生 /69

可惜我是金牛座 /71

老师，您好 /73

凌晨两点的雾 /76

每一串柳芽都有自己的言语 /77

每一片雪花落下 /78

那年我二十一 /79

那些春天没发生的事 /81

你好，太白湖 /82

你应该来看看我 /86

盼望一场大雪 /88

请在雨中等待着我 /90

秋风从湖面吹来 /93

秋天，我把滚烫的诗扔进湖里 /95

秋天的爱人 /97

然而夏日喧嚣如蝉 /100

如此不同，北湖的夜空 /102

如果我做梦，记得喊醒我 /105

如何 /107

如何表达对你的敬意 /109

三杯 /111

三十一个北湖 /113

盛夏北湖 /115

十三层楼顶的星星 /118

十一月的宝相湖　/120

石桥，石桥　/122

石头　/126

世间美好，大都和中秋有关　/128

水边的石头　/130

送快递的人　/131

所有的美丑，都来自事物本身　/133

太白湖，别来无恙　/134

太子灵踪塔　/136

晚安，北湖　/138

我不会忘记问候你，新年好啊　/140

我的身体长满密密麻麻的补丁　/142

我几乎就要在疲惫里睡去了　/143

北湖的一条街道上　/145

我们何曾不是雨滴溅起的尘埃　/147

我们在红薯地里喝酒　/149

我是雨中的一棵树　/151

我在秋风里轻轻喊着你名字　/153

五月，你不能说天空疲惫　/154

夏风　/156

现在，我向秋天表达歉意　/157

写三行诗，给秋天的北湖　/159

许庄　/161

雪　/164

哑巴诗人　/166

烟花　/169

运河的木头　/171

一切语言都有局限　/173

一条谭岗路，流苏花盛开　/174

用一碗月光赞美你　/176

雨一直下　/177

月光下的小提琴手　/179

再见，附中　/181

再来一根烟　/183

摘香椿的母亲　/184

长夜里，我不安地醒来　/186

这不是一般的夏夜　/188

这个世界上，只有你一个人还喊着我乳名　/189

这样的雾，我无法向你描述远方　/191

如果没有这场雨　/192

总有一场雪，为那些缺憾的日子而来　/194

2020 年第一场雪

每一片雪,都有一个好听的名字。
我把它们叫作虚、憾、甜、你,
还有几朵,叫作不甘。
它们在逃离的路上,已经化了。
后来,
我再没见过那么好看的雪。

今年,北湖湾的雪很美,
你若有空,可以来看看。
运河路高架桥往南走,
上坡五百米,下坡五百米。
我的心就在那里。
那是所朴素的小院子,
里面种满了白菜、红薯和萝卜,
它们会从雪地里跳起来,围着你喊,
妈妈。

我们坐下来喝杯酒吧。
这次,我再不大呼小叫了,
我们大醉一次,你说好不好,
像两个快活的酒晕子,
在大雪纷飞里睡去。

爱在薄雾升起时

就现在吧,
我们在天空里散步,
在新年来临前牵手。
我在冬天的灯下给你写诗,
头顶晴空万里。

就现在吧,
我们在潮湿的屋顶上追逐。
我骑一匹忠诚的白马约会你。
你站在翘起的屋檐上,在夕阳里,
招手示意。

就现在吧,
我们在树叶漂浮的流水上亲吻。
或者我来建造一所乡村的房子,

大门被灯笼和玉米看守。
下雨的时候,院子里长满蘑菇,
你在里面细细擦拭,
我的诗集和旧家具。

就现在吧,
淡蓝色的清晨,
我去黎明的薄雾里迎接你,
像迎接新生的孩子。

半城湖水一城星

再阅皇历,必选个好日子。
我披豆紫青衫,浅斟青梅酒,
你身袭翠绿薄纱,绣鸳鸯肚兜。
风浅,日头正暖。

太白湖水面上荡起薄雾,
一颗一颗星星,燃烧在荷塘。
它曾无数次路过村庄,
无数次错过春风。
今夜,它一声不吭。
从此,我把最瘦的想法,
落在你的锁骨,你的肩头,
红红的眼睛。

热烈的夏夜略显夸张。
我在流年初秋的湖面上,

种一株饱满的庄稼扮作火焰。

而今僻静之处的花,

轻漫过湖面,

开满天空的脸。

北湖的孩子

这个秋天,附中和附小的新校区还没交工,
我们在校园扮演大人。
财评机构在精算造价,乙方急于追加。
后勤主任寻找不到教室的钥匙,
四下问询业主是谁。
课堂里的老师最擅于提问,
快看,那个在校园里栽树浇花的男人,
为什么低下头?
他有没有在心里种活另一个自己?
北湖的孩子最懂事了,
他们的眼睛只专注于黑板。
老师说,
黑板虽小,却装着整个人间。

好在北湖的孩子,
命里有水,水里有船,

船上有一代一代传承下来旧旧的船板。
北湖的船板，
旧得很新很新，让人欢喜。
北湖的孩子，欢喜也是粗糙的，
粗糙得像一粒一粒砂砾，长满运河两岸。
奶奶是最旧最旧的亲人了，
她旧得每一次调整呼吸，
都像把身边的孩子，爱了又爱。

如果对生活厌倦，枯萎如冬日的芦苇，
就去北湖的校园吧。
北湖的女孩子，会手写羞涩的柳体。
北湖的男孩子，终将会成为场面的人，
有的会写一行划过星空的诗，
就像把祖传的帆举入高空，
练就一身孤绝的靠岸的本领。

匆忙的异乡人啊，你停停脚步。
北湖校园里的每一段朗读，
都能让你开始原谅那些你不肯饶恕的人。
好在北湖的孩子，
这些悲伤他们不懂，他们只懂得快乐。

他们的快乐,

就像我们的悲伤一样大雨倾盆。

快长大吧,北湖的孩子啊。

虽然我并不想这样,

一点也不想。

北湖第一场雪

二十四节气,仍然值得信任。
也有可能担心被天公视为不作为,
这场幸免于问责的雪,抵达北湖时,
态度端正,下得认真。

风并不知情,还在芦苇尖上盘旋着跳舞。
精明的水杉早已嗅到雪花的气息,
于是,玉兰、女贞、黑松迅速达成共识。
运河也假借冰冻之名,不再日夜奔流喧嚣。
更多的葱茏放弃坚持,远远地隔岸观雪。
当晶莹禅封大地,
道法自然,开始深入人心。

一想起运河的消瘦、漫天飞舞的雪,
就想起故乡的芦花、少年和麻雀。

所有前往北湖的风,都有一往情深的梦。

你看,天空飘来雪瓣,

多像渴望爱的小孩。

你们都往北湖的风，
你们一往情深而鹜。
仿佛天空飘来雪花，
多像渴望爱的小孩。

最忆初见,北湖花家浅

若不是秋风起,
芦苇还在天空里云游。
那个家徒四壁的小书生,还在风雨飘摇的船上,
一篙一篙荡着金榜题名的梦。
终于无法辨认的时光里,花丛深处的邻家小妹,
耗尽掀帘的红线,绣一朵破碎的莲,
在湖水最深处,
远嫁他乡。

暮色低垂时,
孙杨田的船尾挂起灯笼。
王老汉的货郎女婿分不清安居和唐口,
在娘子沉默的目光里,独自拱出一条,
蜿蜒的河流。

每一寸光阴都值得被爱,

每个相见恨晚都隔着千里万里。
北湖落日的余晖里,
我也常见四面垂柳的薄雾下,
拥抱在一起不肯分离的情侣。
时至今日,我依旧心怀愧疚。
愧疚在他们热烈地坦露心迹的时候,
不怀好意地诅咒。

心事重重的人啊,不要去秋天的北湖。
花家浅的鸟鸣,
会在起风的时候,隔着遥远的湖畔,
一箭穿心。

注释:
花家浅:曾是山东省济宁北湖省级旅游度假区的一个原生态渔民村落。现已消失。
孙杨田:村庄名字。原址位于北湖省级旅游度假区湖心岛的核心位置,周边湖水环抱,地势低洼,原生态渔民聚居地,曾有"大水不淹孙杨田"的美丽传说。现已搬迁。

心事重重而入啊，不宣言秘天而北湖。
在家浅而鸟鸣。
会在起风而时候，隔着遥远而湖畔。
一颗等心。

背一场雨

雨滴迟迟不肯坠落,
它悬在上空,触摸着山河草木,
悲悯地望着熙攘穿梭的人走来走去。

我背一场雨走来走去,在夜里。
此刻,
我背上没有多余之物,
除了雨,就是自己。

我背着雨走来走去。
雨不肯下,我就停不下来脚步。
雷声不说话,我和雨就沉默,
沉默,是我们的秘密。

不　曾

我不曾如时光，残忍又温柔。
河水不曾流经我，依旧坦荡如流。
蒙岁月礼让，我亦不曾吝啬或者大方。

我不曾赞叹半坡蜡梅香，冬天如此笨拙。
我不曾衣袖虚空，垂钓湖水茫茫。
我不曾还清欠账，拥有和遗憾一样。
过去，草木都长在合适的土壤，
现在，
我当裁缝，坐在你身边缝补时光。
把故乡的老屋扶起，我不曾远行。
我不曾拒绝功名利禄，
不曾舍弃爱和自由，
现在，我和你一样多。

春天·孩子

冬天太过于漫长了,
夏和秋又略显嚣张,总是来势凶猛的模样。
春最好了,短是短点,
但充满号召力。一声鸟叫,
就把憋了一个冬天的孩子们都喊出来了。

现在,我见得最多的就是孩子。
当然,进入我生活的人多了,
他们大都长着千篇一律的脸。所以,
我能记住的只有孩子。
每个孩子的脸都不一样,
就像每一粒饱满的种子,
始终保持该有的风度。
在春天,你要相信,
所有的种子都有出头的希望。
除此之外,
什么都是多余的。

春 雪

再开一瓶，这一湖春水
就是我的了。
任春光磅礴，湖水穿膛而过，
内心单薄的鸟们，退场吧，
今日风大。
这是第二瓶汶泉老窖了。现在
我突然很想说家乡话，想念老家的屋顶。
但是我不会告诉你。此刻，
你和春天的柳絮，纷纷扬扬钻进了心里。

我承认，不喝酒的时候不敢如此骄傲，
不会逼着柳絮改名为春雪。
现在我醉了。说真的，
比较想你。
你笑起来的样子，很像这湖春水，
在风里使劲地荡啊荡，如春雪飘满大地。

现在我醉了。
说真的，
比较想你。

春雨夜

娘子，春雨贵如油，
下得正是时候。
鸟雀高高低低飞过海棠大道，
醒得比二月兰尚早。
吾晨从夜始，困倦依旧。
平阳清浅，牡丹及我仍在他们脚下，
四月葱茏，勿念。

你所寄参精已服。
奈我虽力察人言，唯观色欠佳，
故心灰意冷，一时难补。
中年后，吾决意马放南山，
自顾扶老携幼，言谈只发表情。
幸你懂我。
唯晨起之时，每观北湖云雾，
甚想你素颜。

愧我少不更事，要你辛劳如雀，
待来世，吾将爱一一归还。

是夜，吾与友微醉薄酒。
明日风起，娘子勿忘添衣。
春雨入夜，如你，
均甚得我意！

但是我不替它们说爱

写封短信给你，短过旧时光。

写小兽奔跑，频频回头，

把热烈的爱，往麦地里蹭了又蹭。

写雪和雨水，野花呼喊

被天空召回的黎明。以及

我们互相交换过的，蓬松的梦。

而你总是破门而入。

我穿越了一夜大梦，才挨着一片野樱坐下，

那里满山遍野，开满了樱花的欢喜。

它们该有多么爱，开了又开，一片又一片。

但是我不替它们说，

我要你在梦里，自己笑出声来。

那里漫山遍野，开满了樱花的欢喜。
它们该有多么爱，开了又开一世又一世。

第一个清晨

母亲叫醒我时,
她刚从屋后的山坡上回来。
兜子里的棉桃,个大皮薄,
闪着羞怯清秀的光。
屋后紫色的喇叭花,
和乡村的孩子满头大汗地赛跑,
大颗大颗地野蛮地散在山坡。
那是第一个清晨,
像一夜之间被神清洗过的,
大颗大颗的清晨。

如今,城市的花草
都被安排了合适的去处。
清晨,从十一楼的办公楼上,
能看到大颗大颗的雾气,
白茫茫地笼罩着大块大块的田野。

清晨的孩子,

也大颗大颗地散在校园里。

他们在清晨的薄光里,长着一双好看的翅膀。

爱人在清晨梳洗,

为彻夜不眠的诗人,轻递柔软的纸巾。

她温柔的样子,像诗经里的小妹。

那是多么好的清晨啊,

像是世界上第一个清晨。

放个雷子,我们在春日饮酒

生野火,端上乱炖的铁锅。
扯掉最后一颗纽扣,袒露
野性的身体和夺眶而出的诗句。
此刻不读纸书,不抚琴,
不说鬼都不信的话,不写长长的信。
倒满,倒满,
我先放一个雷子,让锃亮的刀,
砍倒一阵阵风。

为了理解天空,你必须成为一片云。
为了相信,你必须首先相信。
春日,你如果去湖边,
一定要挑个水边无人、云不藏雨的日子。
你会看到湖心的对鸭,冬日的晨雾刚刚散去。
你会看到岸边的一条小路,
浓雾在丛林深处升起。

春日，你如果去湖边，
不要看云。
那串天边的碎云，
曾让贫穷的我斯文扫地。

来，来，来，
再放一个雷子。
从今天起，奉天承运，
不去湖边，不看云，
只做自己王朝里的真命天子。

注释：
放个雷子：济宁方言，意即一口干杯。

风从深冬的湖心岛吹来

开始数九的时候,越往湖里走,
风越大,
冬天一下子就深了。

湖心岛上还有一口大钟,
在水中的土岛空悬,
斑驳得像个装聋作哑的老人。
岛上,文成公主的塑像依然高耸。
真难为了您,
这么多年,住在人间。

以前,我常去湖心岛朝圣,
从野花贴地生长的方向,
恰好能看见太阳落在湖面上。
每当我说出一件遗憾的事,
就有一双好看的翅膀,飞向远方。

现在,风从深冬的湖心岛吹来,
水结冰,船靠岸,
还有一些话,
我不想说了。

父亲与镰刀

记忆里的镰刀
永远锋利而雪亮
它是父亲最亲密的战友和伙计
农村的五月被饱满的希望坠低了穗头
镰刀以丰收特有的弯度
匍匐在麦浪里行进

如今,空调吹拂的冷气里
我嗅不出五月的打麦场弥散开的麦穗香
我甚至忘记了
在小山似的垛堆上麦子们欢呼雀跃的样子
那些脸上淌着汗的岁月,怎样
喜悦而闪亮

我执笔游走在曾经熟悉的麦田地埂上
像迷失了路的顽童四处张望

父亲

一如镰刀的姿势肃穆地站立

默然无语

敢不敢

敢不敢从此诚恳,撕掉道貌岸然。

敢不敢无惧无怕,坐在两朵梅花中间。

敢不敢在菩萨面前站一会儿,用离神最近的心。

敢不敢相看两不厌,尘不染尘。

敢不敢让麋鹿奔跑在春天,放过神的孩子。

敢不敢回老屋,在世界最空荡之时大哭。

敢不敢宽慰大于疼,甘愿你被爱得更多。

敢不敢一个人抚琴,南风吹过树林。

敢不敢雨中拥吻又告别,从此见雨如见你。

敢不敢翻身上马,用最土的方式爱恨。

敢不敢亏欠夏夜和空山,

敢不敢赶在衰老之前。

爱人啊,

月亮那么近,月亮那么远。

给 你

给你冬的暖阳,
把北湖的水绸轻披肩上。
给你十里春风,
风筝在水墨的天空里苏醒。
给你一杯愁,下辈子低于泥土。
给你一个身影,在万家灯火的窗。

给你童年两小无猜的秋千。
给你一人和空气对话的夜晚。
给你一味草药,治疗失眠的哑巴。
给你镰刀夜里收割荒草。
给你一封长长的信,时光湿了纸张。

给你奔跑在林间的麋鹿,问候行色匆忙。
给你一只八尾猫,徘徊在空无一人的,
许庄街道。

给你一滴死不承认的泪,无力抵抗宿命的墙。

给你一把孤独的刀,拿起又放下。
给你一匹马,忘却天涯。
给你谜底写在谜面的沉默。
给你江河湖海、一粒渔火,
名字叫我。

孤　单

举一株井冈山的火

掬起宝相湖这一皱湖水

我像思想丰富的一只　北方的鸟

穿过风雨凛然而来

那些永远冷笑着的　春天的风

吹响宝相寺千年的瓦砾闪电掠过

那些亲密挨在一起的瓦片

正眯起双眼在缝隙中看我　飞起的姿态

我知道

那不是欣赏不是欢唱

我的文字附在我淋湿的翅膀

发出沉重的呼吸

一支烟点燃一个春天的慵懒

在宝相湖岸无人的长椅上

曾经那个意气风发的书生

怎么那样弱不禁风　听一只鸟儿的颤声
就抱着满地忧伤轰然倒塌

今夜
我用文字饮酒用最孤独的方式怀念
那些隐匿在诗歌背后的某个有雾的早晨
那些无比滚烫的情感怎样在窗前起舞
又是怎样平静如初

我是一只
孤单在大雄宝殿清冷的木鱼
请让我皈依打坐敲出莲花的身姿
点一盏豆瓣的亮光
请你再拨一拨灯花
此时一位不知名的老者正用二胡
砸伤我漫夜的心事和忧伤

哈士奇

其实是敬业的工作犬,
一口爱就能养活。
怪就怪长了一张过于真实的脸,
你笑我就是笑自己。

鸳鸯眼,孩子脸,
是热爱自由的基因突变。
爱,难道不是天下最通俗的语言。
不爱你,
谁会在你面前,像个小小的孩子。

西伯利亚雪橇犬,
是我本来高贵的名字。
人心海底,心机和伏笔,
我哪分得清。
我只知道,
谁对我好,谁就是自己。

孩子，我并不准备告诉你更多

我这一生基本就这样了，不算好也不算坏。
幸福是肯定的。
只有幸福，是掌握在咱自己手里的。
有些话，现在你听不进去。
当年我也是这样，把父亲看过来的眼神，
都丢进了雨里。
不过，
他也是真的爱我，用尽了力气，
我怎会忘记。

你身上有我的印记。这确实让我
惆怅又欢喜。我也曾燃起炉火，
也曾观察过煤渣渐却疲惫的颜色。
现在，
我长时间站在你身边，是因为
我看你时，就像看我自己。

把好的坏的都给了你,

我并不准备夸赞或饶恕自己。

这没得选择,因为我是你的父亲。

这两个角色,注定了我们将会

一遍遍地重复爱与被爱。

爱与被爱,多美好啊,

一想起这两个词,我心里就像花开了一样。

记得,我的父亲就曾说过,

等他不在了,这世上只有我,

能替他活着。

去成长吧,我的孩子,

去努力看更大的世界。

我不准备告诉你更多了,虽然我爱你。

我爱你,就足够了。

我的父亲。我曾说过
写他不在了，这世上只有我
能替他活着。

喊一声，北湖

喊一声，北湖，

我来了，

今日大雪，大风吹。

我在高高的山岗，唱四面八方的歌，

在遥远的北方的湖上，追捕脱缰的野马。

来啊，来，

拽一把潮湿的云，做身华丽的披风。

北湖的爷们，

越冷越野，越野越任性。

喊一声，北湖，

我来了，

今日大雪，刀枪入库。

我是丛林法则里的屈从者，屈从也咆哮。

在辽阔的人间，

我的羊群在哪里，哪里就是天下，

我薄薄的诗里唱的都是激昂的歌。

拜一拜菩萨,你保佑我。

喊一声,北湖,

我来了,

风吹着风,雪迎着雪。

我砸骨头,劈干柴,提壶煮热血。

在湖边义结金兰,大口吃肉喝酒,

谁装神弄鬼,天打五雷轰。

来来来,有种再念一遍,

天对地,雨对风。

大陆对长空。

好看的鸟雀飞在空荡荡的夜晚

昨夜凉风,

一定跋山涉水星月兼程。

以至于赶到北湖时,

湖水被点燃,被沸腾,

一夜之间情绪暴涨。

各种让人激动的问题,

在昨夜聚集得劈头盖脸此起彼伏。

秋风路过时,

淌了一地叹息。

什么都太快。

一说爱,日子就悄悄躲进钟表里。

我该怎么给你描述。

那些带给我们无限动力的清新和美好,

一定会偏偏,

急惊风遇见小郎中。

秀才遇到兵。

多怀念那些慢吞吞的日子。
不像现在,
快的事物总是令人疲倦。
从十三楼的阳台往外看,
我也曾见过,
很好看的鸟雀,飞在空荡荡的夜晚。

很好看的鸟雀，飞化苍茫茫的夜晚。

好时光

好时光是恰逢玉兰花开的时候,
我在诗里起身,一次次搬运自己,
累了,我就嗅花香。
湖水隐入暮色,我就在水边写诗,
电脑屏幕像退潮后的礁石,在
夕晖里闪耀。

我写下你,像悬空的心
恰好在春天的清晨落地。
那真是好时光,
我们的影子在河里发烫,
我们像饱满的种子深埋地下。

喝点酒是必须的

捞起湖虾河沙和淤泥,
把我的窘你的尿,
倒满这杯酒。
别回望运河搁浅的船帆,荒芜的葡萄园。
篱笆和人都修剪整齐了。
平静和绝望属于,
我们每个人。
喝点酒是必须的,它让你不再孤独。

将来我们不会有太大的区别。
仰望星空和毁誉方圆,我们都
无法轻易描述和拥有。
那天,我们坐在马扎喝酒。
邻桌的女人肤白貌美,鸡爪喷香,
你还想起几笔未还的账。
这是最理想的生活,不然呢。

喝酒脸红的兄弟

我和喝酒脸红的兄弟,经常
坐在一起干杯,互相劝酒。
我们为拿捏不准的酒量和命运感慨不已,
直到酒杯冒出仙气,直到沉默不语。

我从来不曾像现在这样,感受冬天的酒,
像一株被点燃的芦苇,感受湖水的滚烫和冰凉。
我那喝酒脸红的兄弟,也曾是惧怕夜色的人。
如今,我们只想在夜里飞,
怀抱空荡荡的戒心。

请原谅,我与生俱来的敏感体质,
每一个秘密都让我止不住地忧伤和欢喜。
如果有可能,我们甚至可以一起喝杯酒,
听喝酒脸红的兄弟,重新介绍我和你认识。
他是唯一清醒的诗人。

但是他不会告诉你,我的拥有和丢弃。

我不会告诉你今宵多珍重,不会告诉你宿命。

很多的芦苇,在湖面上飞

需要停一停,当我数到第四十一株芦苇。
北湖湾依旧灯如星辰,依旧是雨水丰沛的夜,
小鸟在风里飞。
喝酒脸红的兄弟,我们好像很久未见了。
现在,当我数到第四十一株芦苇,
突然很想你。你说过很多寂寞的话,
我曾看见很多的芦苇,在湖面上飞。

这里的水值得热爱,芦苇值得热爱,
你看它拼着命在淤泥里扎根,在摇晃的水里,
多让人心疼。
它望向天空的神情,
我总觉得,像极了在人间的我们,
那么疲惫而欢喜。

可惜,

今晚我们不能共赏,

不能一次次碰杯了。

我们不能再赞赏它的倔强,替它忧伤了。

今晚,我要退到故园深处,

在寂寞的月下,为它写下最心疼的字。

回想仰天空而神情，
像根了花人间而我们，
那么渡息而欢喜。

红果冻

怀念红果冻

感觉如此真实

是小巷灰蒙的地砖,潮湿的白球鞋

是被风吹皱的誓言,是天空积蓄的雨水

我运用想象丰富有关章节

那些无比温暖的词汇在唇齿间生硬地兜转

思念

于是被雨水饱满

被风吹得很远很远

多年后

我在这里以一张邮卡固定的姿势

开始整理凌乱的想念

我在日光下纷飞的尘埃里

滤净红果冻纯粹的气息

月亮从旷野升起了
我在睡梦中醒来
我深夜里久已遗忘的歌声就要
回来了
在一阵甜蜜的微风里
它们羞涩地发出毕剥的声响

我的一天就是这样了
想念,然后,
继续想念

后来，我见过的人都像你

后来，就提笔忘字了，
就看着薄暮飘荡，填满人间。
后来，我只有在不胜酒力的深夜，
才能睡去。
每醒一次，我的手中便少一字。

后来，我去和老者下棋，
在淘宝上买各种酒具。
一有空，我就拜访乔峰、张无忌，
偷偷练习吐纳运气。
我还去过湖里，
打捞跌落的星星和蜻蜓。
后来，我见过的人都像你，
秋风穿过松林，穿过空椅子，
耳边尽是啾啾的虫鸣。

后来的傍晚,后来的风

先是我们,后来是夕阳,
在落日的运河,目光燃起火焰。
常有运煤的船把内心装满,在落日之前。
也有横舟搁浅。孤独是一株冬日的野草。
我羞于承认的是,并没有人懂的方言。
我在月下出走,
怀抱欢喜,也怀抱忧愁。

后来的傍晚,我指给你看
窗外起伏的不是雾霭,不是暮色,
是我们一起看过的运河,
是水面溅起的倦容和欢颜,坦荡和不安。
我们就这样站着,影子被风吹得很长,
像月下的海棠。

湖心岛来信

仁兄,
久未谋面,甚为想念。
我已居岛多日。岛中林木荫蔽,
素日无人,鸟兽相敬如宾。
湖面和天空,同为两张脸,却远比世间简单。
我已无须看脸行事,甚好。
水鸟归巢时,对岸应否烟火阑珊?
忆往年你我对酒当歌,甚是畅快。
可惜时下,花树扶疏,
蒹葭苍苍,不可诉衷肠。

荷花路并无荷花,北湖有心有岛,
都是真的。我登岛之日,
秋风凉薄,它们的忧伤无人可知,
一夜铺满人间。
风烟俱寂时,

我日日落花煮茶,常醉花椒树下。

近日并非无诗可写,

怎奈昼夜冬风鼓破。

我的姑娘住在月亮,而暮色辽阔。

欢喜晴

趁天空晴朗,视野开阔,
把四季分明和多劳多得,大大方方地请过来。
请奔波的游子舒展目光,浩浩荡荡开进村庄。
让后知后觉的孩子得到公平的待遇,
让饱尝百草的人们自愈,忘却凶险和疼。
我也再不提远方了,
下决心在母亲面前,心安理得地多住一宿。

在人间的种种爱面前,
我们的感动,不再无人认领。
我们举起挥舞的手,
向着一束被诸神眷顾的光。
如今,我不再要求春风得意了。
如你所愿,
阳光为了给我们这些凡人加冕,
等了太久。

这是最好的阳光。
孩子在清晨朗读,炝锅面飘香,
恋爱的小妹忙着洗头。
其实,我们应该安静地坐下来,
好好想想一年的事,
认真看一眼爱人的脸,
自从爱过以后,我们都老了。

你看,
多干净,多通透的阳光,
就像爱,在我们梦里哭着,又笑着。

假 装

假装一片完美的叶子,
随树木摇晃。风有时大,
也能听见心跳,池塘青蛙聒噪。

假装僧侣,在玉米拔苗时云游,
为有缘人的籍贯、姓氏和名字点灯。
若动了杂念,便用力咳,
咳出罪业,圆一颗草木的心。

假装大力神人,肩膀扛起铁轨,
装满日子里的轰隆声和冷雨,
火车驶出城外。

假装一块铁,应当淬炼成器,
哪怕做钉子,也求个坚硬挺拔。
不要这般,
生一身锈,还得假装锃亮。

建华兄,北京一行顺否

建华兄,北京一行顺否。
自你背父赴京,济州石头疯长,
诗社词句已草长莺飞。
尊公有福。料你与国华啫食不眠后,
偌大京城,已被嚼出一夜繁星。
昨梦得一坤卦。君子以厚德载物。
令尊年高德劭,怀瑾握瑜,
必虚惊无恙。
姜校、祥明兄与我并辉校,遥寄问安。
蒙你告托。

故乡此时,湖水彻夜响动。
比它更空的,不是春天的风,
是我们。是同一片天空下
我们终将无法替代的责任沉重。
庭坚曾帖,花气熏人欲破禅。

中年何尝不是，八节滩头上水船。
力不从心，多过夜晚。
故我们不能说不，不可不点两盏灯，
一盏为父辈，一盏留儿孙。
如今，你与国华为父掌灯京城，
是夜我们且陪你，不转经筒不诵经，
大口大口，喝掉中年。

情之所起，我心柔软无比。
竟恍闻家父唤吾小名。至此，
愿你我见谅苍穹和大地，并安慰一切吧。
建华兄，四月过半。
返校时，莫忘开窗，
幸福的眼泪，颗颗都在窗外的花上。

今夜，我们聊聊这场雨

雨在北湖的七月，飞了一夜。
一缕柳丝沿着堤岸追逐雨滴，在风里
喜极而泣。我从梦中醒来，
大口大口喷出热气，一如溺水的鱼。

每一滴雨都是一朵云盛开的灯盏。
今夜，就算你看不见星光，
你依然能感受我在远方的雨中闪亮登场。
伸手接住，这雨中的一滴，
用年少的清澈，
清洗尘世喧嚣和所有的欲言又止。
就这样被一滴雨击中，
我在雷声和闪电中醒来，
我刚要说话，你紧紧捂住我嘴巴。

好吧。今夜，

我们不聊青春,不聊薄暮与相逢。
不聊北湖的流水,宝相寺的声声诵经。
我们也不聊人到中年、兜兜转转,
姑且聊聊这空荡荡的雨声,
聊聊一滴雨和一颗星星的爱情,
一饮而尽这杯平静。

这场更加深入的雨,
从今夜起必将更加深入。
此刻,我紧闭双眼屏住呼吸。
我怕一睁眼,这双脚就踏入这无边无际的雨里,
湿淋淋的,再也做不了自己的主,
再也无能为力。

今夜，我是一个醉酒的汉子

来，来，
倒满杯中酒。
今夜，
我是一个醉酒的汉子，
把积攒的所有语言绑在一匹野马的脊背上，
随它狂奔而去。
我要赶在暴雪来临之前，
用这张沾满尘埃的脸，一笔一笔，
为你纹上好时光。

今夜，我们牵出那匹斑驳颓丧的木马，
去西北看大漠孤烟、落日长河。
再去膜拜斯里兰卡的每一座神像，
在神像面前，我将一饮而尽这杯烈酒，
绝口不提时间、枯木和铮铮作响的骨头。

今夜，我把所有发霉的词语弯曲再弯曲，
装在为你精心挑选的藤筐里。
我多想为你，再写下比未来更远的诗啊，
每一片云，每一道闪电，每一口空气和水，
都统统镌刻上你的名字。
而今夜及今夜之后的更多，
我将一直悲伤。
我悲伤你的眼光，和这一片片霜。

他们叫你先生

先生,再见你时,

北湖已是晚霞似火,楚辞苍茫。

你沉静如大湖水滴,

而我已变换另一种身份走近你。

想到走近也是另一种离别,我

沉默了很久的眼睛,还是会流出泪来。

离别时,校园空荡,医院喧嚷。

我沉默的影子在夏风里鞠躬。

这沉默更像你,如路边青草,

没人会多看几眼。可我知道,

有那么多的人,还是会主动找你,

他们举着书本,也举着伤口。

他们看见你时,身体激动地发抖。

那时,我就很为你骄傲,

因为他们叫你先生。

先生，在我老家，
只有老师和大夫才配得上这个称呼。
现在，我庆幸依旧离你这么近。
如果没有你，
我们在人间的日子将是多么平庸。

可惜我是金牛座

月亮从旷野升起了,
月亮从湖心岛升起了,
月亮从姑娘的眼睛里升起了。

金牛座的天空由无数个词语组成。
月亮和星辰,只是,
漂流在夜空的一个一个灯塔,
或者是我们翻过的一座一座山峰,
溪流,一处一处险湾。

这是一年中最温柔的日子,
可惜我是金牛座。
我只能藏匿于奔跑的人群,流淌的河流里。
夜空升起漂泊的小鹿、松鼠和孔明灯,
这无数的相似让我深深怀疑金牛座的前世。

可惜我是金牛座。

我不喜欢和握手之交的朋友讨论理想和人生,

不喜欢久别重逢和命中注定。

我只喜欢从背后抱着你,你微微颤抖的样子。

你早已不是你,

你是世间所有美好集中在一起的比喻。

老师,您好

第一片长出的叶子,

第一滴喜悦的泪,

第一个歪歪扭扭的字,

第一次不同于母亲的体温,

都在,

您抵达的那一刻。

说起老师,

我只愿从北湖,从您开始。

北湖不同于其他各地的河湖水系,

二十二平方公里的水面,

赋予您的,

不仅止于名誉、止于惆怅、止于渺小的个体。

在石桥,在许庄,

在北湖深情怀抱的十二个兄弟学校里,

每一滴雨,

都连着整片天空。

教育是一场温暖而又盛大的进程。
从你接过潮湿又沉甸甸的教鞭,
你就被赋予了唤醒、修行,以及无数的已知未知。
当所有目光聚集,
从莽原之外隔着更远的距离看你,
你回头望了一眼杏坛之上那朵缭绕的祥云,
它一只眼睛微睁,
一只眼睛紧闭。

一声,老师您好,
让你把一切交了出去。多少年了,
您满园桃李,满头银丝,好的坏的都欣然接受,
依旧高昂着头颅,
在晴空万里的黑板上飞出,
一行行板书。

老师,现在,
我经常从梦里逃出来,
一遍遍看着晨雾中的自己。
这些年,

朴素的不再朴素,人们的致敬忽近忽远。

但是,老师,

每一次想到美好,我就会想到您。

凌晨两点的雾

凌晨两点,雾不肯睡去,
夜晚的花散着松软的香气。
远山隐匿,麦苗青青,
雪即将抵达。

我曾滥用少年之词,
借以掩饰结痂成片的大块虚空。
现在,在这凌晨长久的空白里,
面对如此坦诚的雾,
我尝试对生活保持足够的耐心。

等雪时,我就安静,
就相信,雪片会覆盖墨色的湖水。
夜深了,我就写诗,
就一言不发,
在灯下悲伤或者欢喜。

每一串柳芽都有自己的言语

清晨,

四面八方的孩子和一串串柳芽同时苏醒。

有人在河边植树,赶在春分之前,

种活另一株自己。

垂钓的人途经村庄,一个踉跄不小心磕出,

漫山遍野的心事。

分不清是谁吵醒了谁,

一场雨后,春灌满了天空。

每一串柳芽都有自己的言语。

世间万物都有被恩宠的理由。

这是春日该有的欢愉。

每当写诗的时候,

就像一个受了委屈的孩子,

夜行千里,

一头扎进母亲怀里。

每一片雪花落下

要相信,每一片雪花落下,
就有一个人从远方为你而来。

又一年快过去了,
雪等到了最荣耀的时刻,来看一眼人间。
雪落在谁的肩膀,就相当于给谁加冕,
他就可以在今夜称王,口谕天下肃静的号令。

最好不过大雪封门。
我骑着一片透明的雪花去迎接你,
我们换上洁白的新衣裳,
把目光放远,
大步流星,游遍万里河山。

那年我二十一

对每一个真理都坚定不移，
在冰天雪地里喝最烈的酒，为漫天的星星，
写滚烫的诗。
无知和野心千里万里。
一切都来得及。
那年我二十一。

尘满面鬓如霜。
也无风雨也无晴。
英雄必须不遇，美人必须老去。
天意。现在，
我信，我都信。

给过去写一封朴素的信，这次
用纯蓝墨水的钢笔。
等天空飘雪的时候，再加寄一把老虎的

骨头,给站在雪地里的人祛湿。
这次不煽情,也不写名字了。

最好的都是天意。
那年我二十一,
睡莲开得悄无声息。

那些春天没发生的事

那丛芦苇还没来得及轻晃,夜就越来越晚了。
荷叶乘势开长,青蛙风里数着心跳。
和它们比,我们的日子有点潦草。
春天更潦草。我只是想了想荷花的一身白,
夏天就到了。

即使下雨,那些青草
也只是荒芜地长着。犹如野兽被驯服笼中,
举目眺望远征的月亮。那些
春天没发生的事,是孤独而丰收的麦田,
是夏天惊雷后的沉寂,是通灵的草木之心。
黄昏里,我是它们中间最贫穷的一个。

你好，太白湖

·荷·

是时光里的玻璃碎片

是青春季的扑面而来

是湖心岛氤氲的薄雾

是公主像上洒落的晶莹露珠

在每个黎明，信手拈下一米阳光铺满这苍青滴翠

待午后清风，握持一柄露尖小荷旖旎着莲叶碧顷

月色下的荷塘呵，再蘸一点云翳深白

看湖畔深处，几朵孩童的笑靥若隐若现

伴着水草腥甜，簇簇荷秆尖挺在夜色里翩跹起舞

快，快携亲眷至交，再速告三五好友

乘一叶扁舟，掬一捧湖水清凉

看时光在天际斑驳，听茅草随风呜呜沙响

寻觅在荷塘最深处呵，

不撑竹篙半步,只见蜻蜓盈盈流光

这是太白湖的荷

这是专属于太白湖的狂欢节

这里的每个清晨和暮霭,

都在轮番上演着心灵和视觉的饕餮盛宴

这是太白湖的荷

这是太白湖畔飘来的邀请函

此时,莲子已成,荷叶未老

莲花正清香

· 水 ·

没有比水更让太白湖激动的了

它是恋人不期而至的探望,是顽童昨夜梦在枕边的礼物

是久旱后的轰轰雷鸣,是阴云雾霾里的日出扶桑

水是太白湖的魂

是十五万太白湖人的图腾

是一百二十平方公里上亘古流淌的圣灵

以水之名

在蜿蜒俊秀的新运河,洒落闪闪发亮的碎银

在波纹细碎的北湖湾,信手翻起满湖的寸金

在婀娜静美的古运河湿地,揉皱粼粼轻盈的绸缎
以水之名
在微山湖北堤泛舟,聆听游击队抗日枪声的清脆
在洸府河西岸远眺,摇曳晨曦初亮的第一缕阳光
在京杭大运河奔腾的浪花里,
协奏起科学发展的澎湃声响

引湖入城,筑城入湖
筑巢引凤,凤衔喜声
流淌在运河之都的城中城啊
这奔流不息的,不是水声,
是雕刻在孔孟大地上的一帘幽梦
所有丰沃的阳光、雨露、空气和土壤,
都在此刻沸腾
都将无比欣喜地哺育这方热土上的
百姓苍生

·声·

听,听十公里的防浪长堤上,水鸟簌簌飞散的颤动
听,听百余个塔吊林立的工地,桩基急促促的夯声
我站在日光下
问临湖嬉戏的禽儿,问呢喃斜飞的燕儿

这耳边听到的是什么在响

我漫步林荫里

问品茶垂钓的老翁,问嬉戏追闹的孩童

这耳边听到的是什么在响

我走进火热的工地

问轰鸣欢腾的桩机,问赤膊挥汗的建设者

这耳边听到的是什么在响

从一城带三区到一湖连四河

从七纵七横的路网到四心绕一湾的系列建筑

我问拔地而起的栋栋高层,问巍然屹立的奥体中心

问书声琅琅的一中,问午后轻飞的蜻蜓

你们听到了吗,这都是什么在响

周围一片安静

我只听见,一管清远的风笛,

以及一浪高过一浪的涛声

我只听见,历史站在光阴经久的高度,

不言这来路艰辛

我只听见建设者们的号令,

长久地盘旋在太白湖上空

铿锵声声,铿锵声声

你应该来看看我

他们,他们把我种在了这个夜晚。
狭窄的灰色的霾尘扑面,湿润的春夜
扑面。
但凡能撞出来疼的,都扑面。
现在,我要起身迎接你了,
用我单薄的意志,用一半滂沱、
一半火焰的身体。

你应该来看看我。
我愿意向你请教生死,请教幸与不幸,
请教美好的事物来得晚却值得原谅的问题。
我甚至可以把拿命换的诗,揉碎了给你。
你来给我说说,
这个春天怎么那么多的风。

你应该来看看我。

敲锣打鼓的黑夜，

我无法睡去，无法不继续往深里走。

你说得对——

以后无论谁喊我的名字，

我都得答应，都得微笑，

都得起身迎接。

至于你说的那处隐秘的花园，

我始终寻不到抵达的捷径。

盼望一场大雪

有多久没有下一场大雪了,
我在广袤而辽远的北方,
以一棵树的姿态等待。
一只通体透亮的鸟儿,
衔着深冬的黄叶俯瞰而来。
我听得见干涸的嘶嘶声响,
在羽毛掠起的风里,
呜咽。

十二月的季节,
远比我想象的要长。
我抖着一身虚空的枝丫舞蹈般想象,
此时,一场北方的雪,
正和谁谈着轰轰烈烈的恋爱。

来场大雪吧,

一只来自故乡的麻雀被梦惊恐,孩子般
诚实地跳出。屋后充满麦香的筛箩,
正拖着细细的长线,亲近无比地呼喊,
漫山遍野的风。

盼望一场大雪,
我站在理想的边缘,弓起等待的姿势耕耘、播种,
再预备一些阳光、雨水和力气吧,
那盏冬夜点燃的红烛,
正淋漓尽致地憧憬着丰收,
咯咯吱吱粲然而来。

请在雨中等待着我

一道炫目的白光　闪过
一层秋天的台阶　晦涩
这个清秋的空气变得
和真相一样透明
所有丑陋着的叶子掩着私密无处藏躲

我看见
它们战栗着身体躲闪在摇摇欲坠的枝头
在一片一片叶间依旧浓密着的缝隙
在汽车呼啸而过的尾气里
在日光下无比骄傲的尘埃里
可怜的叶子
这个季节你往哪里逃亡

月光的背面
一定是一扇窗户

那道炫白的光依然还能赤灼眼睛

我在漂流的海上阵阵眩晕

固执地一遍遍温习出发时的号令

窗户的背面，一定是

一张未写完的纸，或者一条半途而废的路

而纸的背面，路的那一头呢

你颤抖的手，指向天空

我在小布达拉许愿，虔诚地捧起柱柱青烟

我在草原上和洁白的羊群对话

在陌生的暗夜，写下激动人心的诗篇

可是，我该怎么给你描述

在你欣喜的盼望里，我该怎么给你描述

那些背起行囊的路上

我像是一只惴惴不安的野鹿

请　在雨中等待着我

等待着通体淋漓的乌云翻滚而过

等待着屋檐下滴落的水珠一颗颗爆裂

你永远不会看见

雨中的叶子跳跃的舞步，水珠亲吻过的清浅

你永远不会听见
那个暮霭弥散的清晨,窗户背面的轻唤
妈妈轻喊我的乳名,
而你不会听见
你宁愿在雨中撑起雨伞,跳着欢快的舞
你宁愿在窗户的背面镌刻,然后朗读
虚伪的诺言

来时我囊中羞涩,别离依旧两手空空
但　请在雨中等待着我啊
等待着我从未曾哼唱的歌,
一路精心采集的花朵和遍体结痂的伤
你要用柔软的手指抚摸我凌乱的头发
你要一把拥我入怀,笑着不问我带回了什么
请你一定不要笑我,
今夜,让我泪流满面,
在你怀里孩子般入眠

秋风从湖面吹来

一场接着一场秋雨过后,
天空和湖水一夜之间丰沛起来。
石桥校园里挂满了石榴果,
羞红着脸咧着嘴讨论,
谁的脚步在此伫留。
如果你去石桥的幸福河,
请留意在诗句里
造船、修路、泅染光阴的过客。

现在,当我们说起秋天,
就会想起故乡的芦花。
路过的风很少注意,
与湖水对望的逼仄的人。
偶尔一些茅草、鸟影、虫鸣,
被秋风推搡着落在肩头,
都会让人以为,

整片整片收割了天空。

蓝色的墨水泼满湖心岛，
微醺的人被一声鸟鸣穿心而过。
文成公主微笑不语。
秋风吹来救赎的香火。

北湖阁在风里嗡嗡作响。
冬天来临之前，候鸟日夜兼程保持沉默。
夜晚，勇敢的人迎风坐在石头上。
此刻，水在湖里，风连着风。
这是白鹭归巢、打鱼归来的好时辰。
每当你想起一个人或者一件事，
地上就会有一片落叶，
固执地，冲向天空。

秋天,我把滚烫的诗扔进湖里

真应该替北湖的流水,
感谢秋天。
秋水融金,只度光阴不渡人,
去年的海棠树,结了今年的果实,
夕阳穿过垂柳,桂花香飘四方。
如今,
我们的眼睛终于获得清澈,
一切能看见的事物,都和蔚蓝达成了共识。
我把滚烫的诗扔进湖里。

那时,
我有一颗起伏的心,擅长激动。
在漫天星光下写火热的情诗。
我骑白马,揣袖箭,
到处出口伤人、行侠仗义。
如今,

我敏感，沉默不语。
我担心一开口，迎面就是凛冽的风。
那时，我住在叫作白塔的村庄里，
村外的河里能扎猛，姐姐在地里拾棉花。
我跟在喧闹的乡亲中一趟趟收割庄稼，
母亲指给我村外的远方。
如今，身边的人走的走散的散，
终于轮到我，
冲到了命运的最前面。

如今，
我所在的城市，抬头更接近天空。
我开始学习生存的技巧和经验，
貌似恭谦，逢人常说着感恩和谢谢。
高我一头的儿子，站在后面。

有时，我怀疑
自己是不是带他走错了地方。
很多东西难以解释，缺憾多过圆满。
越是看不清，越拼命睁大眼睛，
越看清，心越疼。
现在，我把滚烫的诗扔进湖里。

秋天的爱人

生活是装满的列车,日夜呼啸而过。
此刻,我们在同一列车上。
我把你视为秋天的爱人,他们叫你老师。
这些称呼,让你想起年少时挂在树上
红红的石榴。
为晨起的风,送上诵读,
为夜晚悄悄藏进,骄傲和坚硬的疼。
我秋天的爱人哪,你困倦又热烈的软,
像极了湖心低垂的莲。

我们相遇,在诚诚恳恳的节日。
你在朝圣的人群里,面容尽是磨损的欢喜。
后来我学你板书,写了半生,
把皓月当空,写成一盏孤灯。
现在,让我们接受生活的全部吧。
你接受命运,我接受你,

我们接受给予和拿走，定义焦虑和良知。
说起教育，他们有很多大道理，
我只有你。

秋天了，你仍然很孤独。
你习惯了在大地欢呼的角落，
用热情燃烧深秋。
我们在秋天的日光下备课，用爱交换孤独。
爱人啊，你是幸福的，
一想起你，我的心就是完整的。
你在十里荷花的月下，
领着孩子们奔向远方。
而有的人，
一生都未曾披戴过月光。

你和儿女们在花前月下，
领着孩子们奔向远方。
雨行雨人，
一生都未曾披戴过月光。

然而夏日喧嚣如蝉

亲爱,天色尚未阴沉,
我的忧伤就先到了一步。
穿过齐腰的芦苇丛,我
白色衬衣上又落了浅浅的一层绿痕。
如果此刻没有落雨,
我想在这里歇会儿,
在繁芜鲜润的园子里,长成
一株朴素的植物。

近日,常梦一座空空的谷仓,
我在树下,绕着很长很长的路。
那时的月亮,一定离我们很近,
我们喊一声,它就答一声。
对于阴晴圆缺,月亮和我们都不担心。

亲爱,北湖此刻

月亮和我们一样年轻。

我没想到的是，今晚夏风

竟是这样柔软，像被人轻轻地爱过。

而你不知道的是，

夏日喧嚣如蝉，终日鸣叫，

我们没有一个共同的名字，这多么孤独。

如此不同,北湖的夜空

乍看没什么不同,北湖的夜空。
尽是鸟虫鸣叫,尽是暗香的花草。
它们从低处生长,简单得像童年。
暮色汹涌起来的时候,
能看到芦苇苍茫。
它们和低矮的灌木丛,
在风里互相安慰。
在这里,
每个人心里都有一湖水。

梦里,无端走了几十里路。
湖面燃起一盏盏灯时,我已大汗淋漓。
写诗的日子里,
你就是我最白的纸。
每当为你写下一个字,
水面上就荡起一圈圈涟漪。

有人说，日子，
却找不出恰当的形容词。
每个人头顶，都有一颗疲惫的星星。

你说还有什么不同，北湖的夜空？
看吧，草丛里散落着，
都是不肯睡去的眼睛。

在这儿，
每个人心里都有一湖水

如果我做梦,记得喊醒我

趁一切还没完全融入春夜的时候,
四面八方的影子纷纷聚集过来。
一些被失眠纠缠不休的人,
在无法入睡的路上自言自语。
把白天遇到的人和事,
一遍遍肯定,又一遍遍否定。

我该如何给你讲解梦境?
梦里的人都在急急忙忙地赶路。
路旁开满了大片大片的花。
相比起不得不面对的白日,
我们更愿意住在梦里。

爱人啊,
如果我做梦,记得喊醒我。
我还要去喂那只收养的猫。

她忧郁的眼睛淌着蓝色的湖水。
让今夜的风,再抒一会儿情吧。
你得理解,
爱往往出于天性。
三月的春天是个疯子。
漫山遍野,大片大片的花开,
这就是命。

如 何

如何摆脱厚厚的俗?
为固执和轻狂,为无力躲避的凶。
如何擦平爱人脸上拥挤的皱纹?
你有诸多顾虑,疲倦不肯退去。
我们不如,
一缸自由自在的鱼。

如何让你远远地看我,眼里充满爱意?
像雨后彩虹的初遇。
如何让夜晚的黑放过冥思苦想的人?
如何让孩子们强大,对未知不再恐惧?
如何让山河互换,供奉浓烈的爱?
如何亲吻人性的浮木?
那个目光短浅的傻子,与世界只差,
一首诗的距离。

天亮我就回来了，抱一束迎春花给你。

你在灯下猛烈地喘息，泪眼否认老去。

如何让你爱着恨着，这个总打败仗的斗士。

如何刀剑入库，学说一口流利的

江湖套话，我得再抽一支玉溪。

如何绕过故乡的山水，

在清净的异乡安身立命？

你来的那天真好，

空气里全是你的味道。

如何表达对你的敬意
——致敬北湖全体教师

请原谅，我不能赠你金色的勋章，
再不能令你负重更多，
在你托举人间的孩子翻越山川的时候。
你说很抱歉，
无法给我描述更远的青山。
而我，又该如何表达对你的敬意，
用前程似锦，还是用晨霜暮色的四季。

祖国的江河湖海里，你是最普通的一条河流。
普通到湍急的岔流出现时，
你需要像妈妈捍卫孩子那样，
紧紧搂住每一滴水、每一棵草、每一块小小的石头。
和大江大河的滔滔声名相比，你小得微乎其微，
小到只有你的孩子，才能一下子找到你。

你说很抱歉，
无法陪我摘此更远的青山。
而我，又该如何表达对你的敬意，
用新鲜似锦，还是用晨昏昼色的四季。

三　杯

一地月光熨染北湖,
大块大块的云朵滴在湖面上
石榴、海棠果和玉米眷念着土壤。
秋风起,盛唐的诗酒随草木起伏。

今夜,备好美酒和震颤的词句,
借父亲的锡壶,温热一地月光。
母亲和爱人在月下,缝制衣裳。

我微醺的眸子,有白色的水雾,
升起在北湖浩荡的芦苇荡。
良辰已到,良友正裹风前来。
金樽对月的那位,定是李白。
凉风起,杜甫的思念正隔湖相望。
一个情字,怎敌三杯两盏淡酒。
小妹啊,你又惊起藕花深处的那滩鸥鹭。

湖心岛的阳明先生，已泛舟归来，
修行的光，滴在烛上。
迟到的那位，
一定是在九月失踪已久的海子。
今夜，他是跳动在鱼筐的火苗。

今夜，略备两壶薄酒。
一壶倒出人情薄，一壶倒入良辰雪。
心机沉重的人且慢，
这次，
请尘世上的小角色优先。

第一杯，敬所有骨头坚硬的生灵，
第二杯，敬佩刀而行的干净的良人，
第三杯，爱人啊，
我得和你交交杯。
你随意七分风雨，
我干了这三分云烟。

三十一个北湖

鱼尾清弹小夜曲,
渔民走出疏导点摊晒一街潮湿的粮食。
浅笑的女子穿过待拆的民居,
四下寻找撒满孜然的烧烤,
街灯为夜色劈开
一条璀璨的路,让黎明潮水般涌来。
见一湖水,生欢喜心。
北湖,让我重生。

人间那么大,我只有一个北湖。
一只野鸭在芦苇荡偷偷探出头的那刻,
如果不将心比心,很难弄清野鸭在想什么。
每一个普通的人,大概都问过自己吧,
我要什么。
北湖,让我动了感情。

有时，

我是多么想离开北湖去远方啊，

发誓再不见水，不见人。

不过，现在有你在这里，

这就相当于三十一个北湖，

我一生还需要再去哪里。

盛夏北湖

把所有的灯光都打开,
把所有的姑娘都喊来。
盛夏北湖,一夜一夜歌声盛开。

一伸手就能触碰到北湖的水,
星星攒聚在草丛、树梢、闪闪发亮的迎客石上。
不知是谁向着南方毫无底气地喊了一声,
我爱你,
夜幕下,野花四散。

这是济宁的天堂。
不再是陌生人口中冷漠说出的,
郊区。
一听到郊区,
这一湖沸腾的水就凉了,
三两只野狗向着姑娘狂吠。

黑透了的黑。
村头井里的水。
天空更大的静。

盛夏北湖,
写诗的人站在北湖阁。
传说中天边的白马嘶哑在孙杨田。
孙杨田的清晨,孙杨田的黄昏。

我把你视为兄弟。
把沸腾在铁锅里的鱼救出,把昨夜梦魇的惊醒驱退。
数一数昨夜狂欢的浪花,
有多少浪花,就有多少姑娘多少梦。
今夜,
我们吹起口哨踏浪远征。

我把你视为兄弟。
今夜我在盛夏的北湖。
远去的岁月,母亲在村头给姐姐打电话。
你吹起口琴向姑娘抒情,
南方只有微山的山峰隐约可见。
北湖没有山。

只有流动不息的湖水,

滋养着人们,向着灯光和爱情走去。

灯光和爱情,听起来多么美。

好吧,

今夜,擦亮北湖阁的灯。

夜行人,你往哪盏灯去,

谁在那里等你。

这让我突然想起很多很多的事。

想起我们曾经站在湖畔哭过笑过的,

一言难尽的人生。

天边的白马嘶叫在孙杨田,

年少的小妹对着镜子梳妆。

草丛里伸出一盏灯,拦住我急促的脚步。

我就此盘坐写下诗篇,

让我们的孩子从家乡带着酒来。

齐声朗读这盛夏的北湖,以及

这盛夏的诗篇。

十三层楼顶的星星

六月是最适合散步的季节
我和夜空的风约定,
一起去十三层的楼顶
看星星

渺远的苍穹铺展开黑色的帷幕
一场过路的陌生的风
冷眼瞟着我手中紧握的纸片
不露声色地卷落
那是最初的梦想绽放开的花儿
有着优美的曲线,一片洁白
我看见它们坠地的表情
温柔而苍凉

星星永远是最忠实的听者
汹涌时冷静,孤单时寒暄

一颗一颗俯在我的耳边,轻声说

没有翅膀飞过去的天空

正如,天空永远擦不掉星星的颜色

那一片深蓝涌动着奇迹

今夜

骑一匹白马在十三层的楼顶狂奔

请星光把梦想以及信念种满天空

我看见

青春扯着衣襟泪流满面地欢呼雀跃

我听见细细的软鞭抽打冰凉夜空的声响

我听见,周围

都是夜的笑声

十一月的宝相湖

十一月的宝相湖,依旧寂静
几只深褐色的鸟雀扑棱棱地飞出宝相寺斑驳的深墙
俯瞰而来,一掠而过,
时光颤动的声音划过透明的天空
一如诵经佛堂的清晨
悠远而清脆

十一月的宝相湖
有更多细腻的柳、落叶以及
只属于千年佛都的瓣瓣莲花
当佛事悠悠穿越千年
宝相湖如同发鬓斑白的老者抑或烂漫的孩童
憧憬着、惊喜着盛世的华彩乐章
悄然无声地在岸头传唱

那个叫作务观的清瘦诗人

是否还身在千重云水中等待着月明收钓筒

一叶飘然，绿蓑青箬，

宝相湖的轻纱烟雨中

是否还在哼唱着短艇湖中闲采莼

天教称放翁

我将自己种成一棵坚硬的菩提

拖着清瘦的身影唱起歌

此刻抚过脸颊的风

是否也掠过湖岸千年的碑文

驰骋千年后浸染着古中都的儒雅

依旧桀骜地飞奔

石桥,石桥

到了石桥,会越来越坚信,
天下之水,来自同一族系。
泗河水、洸府河水、北湖水携裹着泥沙而来,
像镇上老者的目光,
顺着人们聚散的方向逐渐辽阔。
53路公交,是那样爱着石桥,
满载信任和秘密,不知疲倦地完成
一次次爱抚。
爱从来就不是一件甜蜜的事,
这一点,石桥最懂你。

在石桥,你若面对流水的提问,
不要躲闪。路边的野菊早已习惯,
大地越来越痛。
煤和水,可以作为小镇的方言,
它们带着湿漉漉的任性和倔强,一次次惊动

泥土和村庄。
这像极了仙庄的粗瓷大碗,盛满了背井离乡。
在石桥,你一定要喝碗吴家湾的水,
这里的水通着人心。
若你不小心被一口呛到,那是
这个镇上的人们,
对生命最粗犷的表示。

泗河两岸,和浪花一样多的,
是平凡的手艺人。
他们手段平庸,顺从命运的指引,
到城市里互换技艺和幸福。
走出石桥的人,眼眸也总像蓄满了雨水的河床,
他们的等待如一场大雨。
每一个散落在城市的人,
心里都住着一个石桥。

现在,
你与石桥只隔着一条火炬路的距离。
夏天蜻蜓,在野菊丛上飞,
跟着走,就能到石桥。
你如果来,最好两个人,

你们要在垂柳下牵手,步子不急不慢,

像两片紫色的薄荷,紧紧挨着对方的心。

每一个散淡仁城市的人，
心里都住着一个石桥。

石 头

就这样隔着暮色,
北湖岸边的石头听着蛙声沉浮。
趁秋风未起,
垂柳终于选了一个黄道吉日,
踏着破碎的浪把自己嫁了,
那个叫作北湖的人家。
石头记得,垂柳出嫁那天,
一只鸟雀穿着红裙子从芦苇荡掠过,
月光碎了一地。

北湖湾,新运河,湿地,
石桥的,许庄的,隐匿旷野的,精雕细刻的,
无数石头闻讯从四面八方赶来,
他们都是石头的兄弟。
石头像做了羞愧之事的孩子,在茫茫夜色里,
又是鞠躬,又是感谢,

一头扎进湖里。

爱和痛都是最深奥的佛法。
命运不可抗拒。
兄弟们说完,纷纷散去。
石头湿漉漉地爬出湖面时,
暮色正薄,垂柳穿着红裙子,
飞在空荡荡的秋天里。

世间美好,大都和中秋有关

为悦己者容。此刻,
所有的美好在湖水和天空里重逢。
月亮,
始终属神学心学,
非情义之人不懂。

早起,秋收秋种忙,
露珠比秋风凉。
走亲戚的人会去秋收的田地帮忙。
地排车上孩子们咬着五仁月饼,
拉车的父亲正年壮,
大步流星碾过秋天。

湖上升起火焰的时候,
三千里月光刚把往事清点完。
运河水涨,天空的青草味越来越香,

爱人秒回。万物回响。

所有美好的事,

都在月亮升起时,一次次发生。

水边的石头

在景区跑步,能遇见很多石头。
我跑过它们时,感觉它们
风一样迎面撞来,
像柳色青青的跑道上,躲不开的故人。

遇见你时,我已活成石头,
不轻易说大红大绿的话,习惯了低头,
就连晨曦里,朝拜文成公主时,
也不如以前那么激动。
遇见你后,我和石头都动了凡心,
我跑向它时,感觉它也跑向我,
像久别重逢的兄妹,紧握不愿失散的内心。

送快递的人

方的塔楼在圆的裙楼之上,
北湖新城发展大厦的工作间很像魔方。
送快递的人,
在楼群间的空地上接受期待、斥责和谢谢。
空地之外,芦苇在焦急地寻找着,
一条新运河的走向。

送快递的人沉默进出,脚下生风。
所谓的易碎加急,思念或补偿,
在胶带和纸箱里自我膨胀。
送快递的人,
其实送来了若干个关于生活的梦。
并较好地理解了,
身临其境和置身事外、陷入和遁出。

送快递的人遵守游戏规则。

是你的给你。

拒绝冒领。

谁沾沾自喜、谁贪婪挑剔,

谁更会在恰当的时间里精于心计。

快递员没有更多时间道破天机,

还有很多人在等着即将到手的东西。

一个快递员的自我素养是看破不说破。

天气预报说还得降温,

送快递的人在心里打了几下寒战。

什么都得继续。

芦苇顺势挥了挥手,

用沉默表示它对现实的

尊重。

所有的美丑,都来自事物本身

站在时间的旷野听风,
该用什么样的形容词表达。
一切能展开描述的词语,
都囚于体制。

一些譬如咳嗽、风湿的老病根,
在秋夜和冬霾之时常常会卷土重来。
无数昆虫和草根,在斜坡,沟壑,
腐烂然后重生。
无数充满欲望的生物,用肉身积攒的技巧,
徒劳地抵御,生长骨头的风。

生长骨头的风,所向无敌。
骄傲的少年,月亮高悬。
现在,获得和消失都很自然,
最终,大地上的一切都要回归,
一个一个土堆。

太白湖,别来无恙

一想到太白湖,就想到初恋,
就好像被迎面而来的风,
灌满了胸口。

一只鱼在湖底悄悄探出了头。
这千亩荷花,即使隔着光阴,
也能记着湖畔的那场遇见。
当年,披星戴月的我一身泥泞,
醉卧在千亩青荷中。
是谁,躲在五岔路口的小木屋,
偷偷哭红了眼睛。

景区里的植物在齐声歌唱。
落日熔金。湖水抚摸你的手,
脚踝,你的肩膀微凉。
这些都会让你以为身在南方。

到花海的最深处另起一行吧,
如果你是鱼,你会更接近太白湖。

接近风,接近花香,
就像一匹白马曾经无限接近草原。
太白湖南岸的码头,
一定有人知道你的前世今生。
斜阳飞鸟,西风孤岛,
栈桥上的灯。
当我在深夜脱口说出你的名字,
"太白湖",
有人一声不响红了眼睛。

学校的孩子们就要开学了。
几只小鸟衔起一朵云飞向远方。
下雨裙角溅了泥巴,
秋日心口疼,小火慢炖中药。
这些都是美好的自然的事情。
美好和自然的还有,
比如,
月光衣我华裳,别来无恙。

太子灵踪塔

为什么,在朝拜的人群和虔诚的目光里
你巍然屹立历经千年
以固定的姿势始终高高在上
为什么,在这遥远的国度和悠远的岁月里
你阅尽世事沧桑,默然无语

在遥远之外,你向我迎面撞来
十三层级光华烁采,层层连着历史的长线
朝朝代代的野闻正史,被一块块青砖装订
我看见各种各样的影子
缩小,变形,凝而复散
却一个个神采奕然情感饱满

鱼翔浅底,云卷云舒
八百八十二年前的一只渡船载着求道和正的禅宗
在新世纪的盛世悄然靠岸

众善奉行、大道尚存以及和谐互融，都在此刻

结晶为神奇的舍利，五彩斑斓

我以爬行动物特有的姿势，顶礼膜拜

北宋那位中都县的廓内，是否也站在历史的平地和

高山

正微笑着仰望，佛都的千年文明

闪耀在塔尖

永恒的光环

晚安,北湖

今夜,我在云层里和你谈论天气,
把所有的梦呓和诗词,寄给大运河穿梭的船只。
你坐在时间之外的空地上,
我在运河的流水里轻轻躺下,
听一千个北湖互道一声,
晚安。

传说,北湖是文成公主的故乡。
远嫁吐蕃的李雪雁呵,
在那场盛装进京的红尘里,
你有没有在想,多年后,
这里会用什么方言,
互道晚安。

晚安,北湖。
晚安,鱼塘的红砖,

挂满雨滴的丝瓜花和野草，

风中传来芦苇的呼喊。

今夜，我们依偎在柳树上互诉衷肠，

树下，

拴着一匹我从远方骑来的马。

晚安，北湖。

多年以后，是否还有人记起，

北湖的风，北湖的云，曾经的清晨和黄昏。

风和云，真是一对让人心疼的孩子。

它们曾经在碧水微漾的远方、鸟背和荷叶上恩爱。

如今，

一片丰满，一片嶙峋。

我不会忘记问候你,新年好啊

新年适合说说兴奋的事,
适合点火生灶,久旱逢甘霖,
适合大雪纷飞,
下给走在春天后面的人。

现在,我是一张遗落盛世的弓,
听从命运的拨弄。
那夜的月光下,尽是汹涌的人群,
我也曾欢喜启程,走在修行的途中。

大雪纷飞的时候,故乡正在辞旧迎新,
我终究还是辜负了你和那场干净的雪,
误把他乡认作了故乡。
现在,夜里还是会突然醒来,
像个断奶的小孩,四下里寻望。

新年适合小草写桃符,

适合心诚则灵,爱的人长生不老,

适合忘记,最好大雪封山也封存记忆。

但是,

我不会忘记问候你,新年好啊。

我的身体长满密密麻麻的补丁

别在暮霭里发呆,扭头对自己质问。
人们,习惯性弯下腰身,
并不一定是膜拜土地和麦子。
这些年,
我急于重建信仰的身体,
长满了密密麻麻的补丁。
过了四十岁,
我不再嘲笑黑暗里独坐的人。
现在,
你那比坦诚更坦诚的眼睛,
让我不忍直视。
你说,
更多的云在天空从善如流,
我的身体长满补丁。
其实,我没告诉你的是,
密密麻麻的补丁下面,
都是我,羞于启齿的东西。

我几乎就要在疲惫里睡去了

并没有吝惜热泪,
我对大好河山草木生灵,都报以深深的敬意。
一会儿在人间,一会儿在天上,
我把这种感觉定义为惆怅。
没有一种惆怅不根植于理想的土地上。

而理想总是半隐于月光。
我刨向月色的锄头,常发出沮丧的空响。
这空响,隔着漫不经心的人群,
有我说过的很多话。它们都是我,
惭愧的罪证和曾经亮起的灯光。

我几乎就要在疲惫里睡去了,
这就是日复一日的平常。
我急于虚构诗歌的强壮,
搬运一堆虚弱的词语替我遮掩。

你看，我是多么不甘啊，
我几乎就要在疲惫里睡去了，
还要拿诗来折腾一场。

北湖的一条街道上

在北湖的一条街道上,
一位甩鞭人正在和空气叫板。
我注意到了,小区的一棵树,
一阵夏天的风,都在
一只幼蝉的目光之外。

在北湖的一条街道上,
跳舞的伙伴们,暴走的人群,洒水车司机在打电话,
世间万物都能在今夜引以为耀。
这其实和写诗,
并没什么不同。

没什么不同的,
还有那个甩鞭的中年人。
街灯下脆响的鞭声里,听不出,
他是愤怒还是欢喜。

我看不出的不只眼前。

我本来只是想在北湖的一条街道上,

一个人,站一站。

我们何曾不是雨滴溅起的尘埃

如何安排这个秋天,
是用光阴缠住远行的人,
还是继续在尘世潜伏,豢养兵强马壮的词句?
这些还没想好,
一场突如其来的秋雨,让我们措手不及。

确切地说,事出有因。
有多少雨水从天而降,
就有多少蛙鸣随着湖水上涨。
雨雾在天空不动声色地升腾,
欢快的雨里,
孩子憧憬着翻山越岭。

一场雨后,
梧桐和银杏通体透亮,像哭过的内心。
有人到城市看海,

也有人埋怨。
有人在雨中欢喜，醉酒的人假装镇静。
谁能说究竟是雨洗净了天空，
还是，
雨在替大地收拾残局。

巧得不能再巧的是，
刚才，一朵透明的小雨滴，
打中了我最柔软的某个穴位。
如果你也恰巧遇到这场雨，
你有没有一些让人激动的问题？
雨滴溅起的尘埃里，有没有一滴，
像极了自己？

我们在红薯地里喝酒

酒量太小了,
挨不过三巡,
就说醉话,写长短不一的诗,
就深一脚浅一脚,踩影子走路。

高低度都辣,
心肝脾肺,跟着白白受苦。
像院子着火,提着空桶。
海滨兄,爱喝冠群芳,
爱它的绵柔,像白月光。
南方来的老杨,比我们诚实,
手把一瓶高粱酒,对日子只字不提。
我放雷子,
醉就醉,横竖是条汉子。

那夜,月亮高悬,

在亚峰兄的红薯地里,
我们东倒西歪,找不清路。
你站在沟渠的水边,笑我,
我紧握酒杯,像举着火种。

我是雨中的一棵树

去雨中找我吧。今夜雨里的树,
有一棵就是我,站得平静挺拔。
雨落下时,我身上会溅起绿油油的光亮。
你要是来看我,最好撑一把白色的小伞。
我喜欢你撑白色的小伞来看我,
它让我想起,干净的小花。

我喜欢干净。
所以我愿意成为雨中的一棵树。
雨下得越大,我心越欢喜,
它能冲刷掉我平日沾附的污浊的东西。
所以,在一排排整齐的行道树里,我并不独特。
其实,我也不喜欢独特。
你知道,孤独的树,
活得都不长久。
但是,大雨过后的第一个清晨,

我真的觉得自己从里到外都干净了。

我只有在觉得自己干净的时候,

才会想你,才想让你来看我。

今夜的这场雨中,我还有几个好朋友。

和我一样,他们也在雨中站成了一棵树。

路灯亮起来的时候,

我们在风里招手,像亲人一样。

我在秋风里轻轻喊着你名字

从前,我是一个脆弱的词语,

从不歌颂爱情,

只羡慕善解人意的风。

现在,

为了能够更清楚地想你,

我试着轻轻闭上眼睛。

野花遇水而生,鸟群在天空飞过。

去年你见过的北湖,

如今已换上金色的披风。

骄傲的少年在月下饮酒。

热烈的盛夏漂流在时间的河流。

没见过倾盆大雨的星空,

不能说看过星星。

没在秋风里轻轻喊过你的名字,

然后咬着牙咽下,

没资格喊疼。

五月,你不能说天空疲惫

我们曾奔赴不同的月亮,
踉跄到暮色苍老。我也曾趁着夜色,
鲜衣怒马独自迎着雨去。
我们认真读一本书,一趟一趟搬运自己。
那样的五月,田野空荡,
晚风是燃烧的。我从没对人说过。

五月的凡夫俗子,拿什么
一而再再而三地歌颂生活?
青草钻出鲜泥,梦境在落日的边缘摇晃,
而岁月飞奔。这些不顾一切的美,
早已注定是我们
忧伤的全部,喜悦的全部。
五月。你不能说天空疲惫,
你要说雨水温暖,人们互相迎面走来,
说凡夫俗子的日子,你爱着我的诗意。

你不能说天空疲惫，
你要说雨水凉暖，人们互相追而走失，
说凡夫俗子的日子，你爱看我的诗意。

夏 风

写夏风，最宜写晚风，
一阵微风，
能把人间的影子放倒，扶正。

夏夜虫鸣，也实在好听，
认真听一会儿，
能听出虫草们的话语家常、喜怒哀乐。
这样的夏风，不用渲染，
我们就是其中的一个。

现在,我向秋天表达歉意

我们就这样走着,

在秋日深处,踩着金色的影子。

我紧握着你的手赶路,像驰骋的勇士。

我急于把世间的事情说了再说,

路旁一朵咳嗽的花,几乎

就要绊倒你忧郁的影子。

快,快啊,我们离神仙越来越近了。

直到你的目光投向别处,

夕阳才把我劝下。

我是冰室按捺不住的滚烫,

是囊中羞涩的粮。

我是被早莺抢去报春的迟到,

是被驼背的守门人放弃的锈门环,

我是飞禽走兽的手语。

是传染你风寒,

让你在整个秋天里,咳得患得患失的内伤。

现在,我向秋天表达歉意。
向秋天的火焰,向故乡的芦花,说
对不起。
我曾经发誓要出人头地,在成群结队的宿命里,
高过它们的头顶。
聪明的人哪,智慧之神,
你告诉我,你告诉我,
告诉我这个不再年轻的青年啊,
除了遥远的遥远的远方,
除了空空的酒杯空空地响,
还有什么法,还有什么法。

写三行诗,给秋天的北湖

秋天的北湖,一地光影如梦。
湖水流淌不声不响,
一滴一滴酿成金色的酒。
盛唐的风,从远方吹来。
小荷轻喊一声,
太白,我的兄长,
来来来,
干了这杯秋天的北湖。

秋风割过草地,
夜色轻捻灯芯,
那块湖畔的景观石,
一如鱼鳞、颤抖的书信、
你的额头,
被秋雨一遍遍清洗。

为秋天的北湖,写下三行诗句。

日月星辰照耀大地。

鱼米苇草藏理想和现实。

最后一行,

邀请你来湖畔看一看。

今晚这一地月光,

美得不同凡响。

许　庄

春雨过后,
许庄的麦苗越发动情了。
对岸,文成公主种下的大片牡丹,
仍倔强地眷恋着人间。
湖水丰沛的时候,
她将随南风,蹚过大湖,重返故乡。

在许庄,
你不能不感受水,不会对抒情无动于衷。
大运河的浪花,每溅起一桩往事,
就有一颗流星,落在旧居的屋顶。
我从没见过像许庄这样的地方,
她如此念旧的脾性,
像一条隐秘的河流缓缓流淌。

麦苗返青的时候,

请把许庄还给李白,还给天各一方的杜甫。

若是北湖湾的扶桑花开了,你还没到,

请把旧我还给我,让我饮酒于雪上。

老许尼,
你不能不感觉水,
不会对杯将元动于衷。

雪

年轻时，盼下雪，
欢喜它扑过来得热烈，纷纷扬扬不顾一切。
那时候，天也晴得明明白白。
当我说爱北湖的飘雪，
就是在说爱你。

后来，
往往要在小桥上再站一会儿，雪才落下来。
总有几片化在半空，走近又走散，
怅然不肯落地。我们仍觉得美，
雪人热气腾腾，给人安慰。

现在，
日子在空茫茫的水面散开，
水鸟在芦苇上荡来荡去。
它们轻盈的样子让人着迷。

我就不行,

那年的落雪很重,现在还没消融。

哑巴诗人

立冬的雨下了一天一夜。
最后一滴落下时,
水始冰,地始冻。

众神旁观,看哪,
这才是一个诗人该有的样子。
苍白的哑巴的脸,词语激动地挤在唇边。
雨中传来唢呐的旋律,
天空那么远。

天空怎么那么远,妈妈,
那么大的天,那么大的空。
我又将粮食和大地细细阅读了一遍,
我爱这人间哪。
不过,
他们说这还不够。

不过,这些不再重要了。

重要的是,世上只有妈妈好。

可惜,

妈妈,你太老了。

妈妈,

他们说这才是一个诗人该有的样子。

妈妈,

再没有一行大雁飞过我们的头顶。

天空怎么那么远,妈妈,
那么大的天,那么大的空。

烟　花

我是一树寂寞的烟花

绽放开在中都十月的夜空

这个古朴的小城,不动丝毫声色

此刻,秋意愈浓

你不会看到

一树微亮的烟花正悄无声响地爆裂,烟光四射

夜空诡异地冷眼看我

这个季节的夜,空气暧昧地潮湿

我能听得见身上斑驳的火药纸怎样挣脱那些厚重的

纠缠

一点一点

怎样才能向你靠近

仿佛间若世俗千年

一朵花开放的声音,一定清脆而绚丽

而我终将无法听到
所有的倾听和疾跑都苍白无比

我是寂寞的烟花
此时，我的寂寞只属于夜空
也只有十月的夜空能够懂我的满目芳华
那天，汹涌的泪水蜿蜒着流过
又是怎样战栗地袒露着身体一点点风干

运河的木头

赶在晚霞消失前,
我经常去看新运河里裸露的一截木头。
确切地说,它裸露的姿势,
让人们觉得刺眼。
它令我相信,某些现实。

那天,我蹲在河边,
听这截木头,在空阔的傍晚,
心平气和地谈了很多。
它曾在岸边遇到几个趔趄的陌生人,
把空空的酒瓶摔进河里。
木头也借着四野的风大喊,
喝就喝,醉就醉,
去他的圆满,不值一壶酒钱!

新运河,

成了它与人间温情相望的地方。

对于形而上的河流，

一截木头成了确定的异己。

也许它最后会成为一团火，

热烈的火。但愿吧。

不要让附中和附小放学的孩子们，

只看到一缕缕烟。

裸露在新运河的木头，

伸向天空的手，在天空出走。

四面八方的风，吹来四面八方的空。

所有的空，

都有充足的理由。

一切语言都有局限

凤凰山的风，

吹起的当下和过往，

很拥挤，很荡漾人心。

沾沾自喜的，企图征服或者

和秋天平分秋色，

秋天忙着嗡嗡作响收割大地。

很多时候你会发觉，

一切语言都有局限。

一头雾里穿行的老虎急于在秋天解释，

它遗失的梦如何托付给了天空。

现在，当我们谈起秋天，

就相当于认同了天意。

多空旷啊，这拥挤的秋天。

风落在树上。

树下，

人们扛着影子来来往往。

一条谭岗路,流苏花盛开

流苏花,是四月的花草里最不同的。
大团大团开得静美,然而嚣张。
想你的时候,就是这样。
不过,白天你看到的,
到了夜晚并不一样,不只是花。
不过,我也的确不喜欢夜晚的流苏。
夜晚的花,仿佛开累了,
像疲倦的脸。

你乐见的流苏,我也曾见并赞叹,
你踩疼的花瓣,我也曾踩疼过它们。
他们的朋友圈里,安康医院的流苏很漂亮。
高大俊逸,花团垂低。
他们说,那里有很多像我一样,
有着很多稀奇古怪想法的人。
他们这样谈论流苏,谈论我的时候,

我便一个人,去北湖的谭岗路。

那里的流苏花,

开得更有意思。

每当我沉默地看它们时,

它们会在风里摇晃,好像能读懂

一个消瘦的中年人,丰满的心事。

用一碗月光赞美你

月光醒来时,
秋雨还未落地。
我决定一人驭清风,卸佩剑,
归隐去北湖。
桌上,留一碗汹涌的月光,
那是用来赞美你的酒。

这些年,
我在能见度很低的城市,沉溺于修辞。
一遍遍用竹篮打水,固执地清洗肉身。
那一夜月亮还未升起时,
趁你大醉,
我用尽积攒的词汇喋喋不休地赞美你。
你没有说话,秋风指了指窗外,
月光铺了一地。

雨一直下

把身体打开,雨一下子
把我灌满。
六月的雨水即将把我浇灭,
浇灭在北湖浩浩荡荡的芦苇荡。
雨越过北湖,越过头顶,
越过一行行诗。

雨水让植物饱涨,也让人激动。
如果我曾经喋喋不休冒犯了你,
请原谅,那是我沉入了湖底。
受一尾鲫鱼的委托,我得挑选一个下雨的日子,
替它充分表达,
被淹没在雨水里的言语。

雨一直下,
浅雾氤氲雨中的北湖。

湖心岛惊起一声鸟鸣，如提琴的
第一个音节响起，
芦苇成群结队地枯萎在泥地。
谁在北湖的雨天撑起雨伞，
谁就不必伤感。

给你一匹雨中的马，脚步不要停下。
六月，
你如果在雨天来北湖，
你会遇见薄雾，遇见河流，
遇见湿淋淋的蓬草和空空的双手。
你或许还会遇见，
一个俏媚的小妇人，
她在北湖湾的柳烟下。

月光下的小提琴手

大运河雨声、浪声、船声呼啸滔滔,
月光淋湿了一整条街道。
是谁玉手拨弄琴弦,一如水彩落了池子,
溢出夜的四面八方。
今夜,我是一只沉入水底的鱼,
与琴声狭路相逢。

一株株芦苇飘过,一如旌旗猎猎,
所有的村庄漂浮大地。
骄傲的诗人,
赤手空拳地辨认家乡的方向,
在琴声里痛哭不起。

自今夜起,
你无须向无关之人描述琴声,
也不必在乎月光。

就让火车开动,河流丰满,

让提琴自顾响彻这意味深长的

人间。

再见,附中

先是风吹起书本,
词句飘进了眼睛。
然后是李明和元元老师、宋霞姐姐,
眉眼盈盈,声色渐渐轻柔。
最后才是,措手不及的毕业典礼,
让你脱掉写满名字的校服,哭出了声音。
你说,别了,附中。
我清晰地看见,星星挤满了你的眼睛。
若不是那天,落日揉碎了彩云,
我觉得你一定会再回头,多看几眼,
附中的黄昏。

今天起,恩师们就送到这里了,
附中给你的笔墨,终成问候。
过去的一千四百六十天,是你
想回也回不去的时光。

以后，你将穿越长长的岁月，
遇见山川溪流，遇见星月海洋，
一路熙攘。
而我们，还会在你身边，
愿你努力，未来万里浩荡。

再见，附中，
再见旧时光，未来星辰满路。
以后，以后每一次说起今年夏天时，
我都会想起很多珍贵的词语，
比如，
附中，少年的你们。

再来一根烟

第一根烟点起,就欢愉,就轻松,
像赶路的脚夫翻山越岭后,疲倦地歇息。
一枚被打湿的羽毛,有了飞上云端的轻,
才算结束了这一天。

好诗,也从一口烟开始,
城墙下的士兵猛吸一口后,往往就能很快妥协。
无烟可抽的日子,
就很向往晨曦照耀山坡,一地金黄,
也为夏日的落叶沮丧。
我曾那么讨厌烟的味道,
它总让我想起一头被烟火烧焦的笨猪,
夜色里落荒而逃。
我的颤抖越来越少了。

摘香椿的母亲

谷雨
是母亲翘首喜悦的日子。
用目光抚摸一棵树的高度,
然后准备一眼清澈透亮的水井,
映照着在椿树上闪耀的露珠。
母亲站在故乡的院落,
用潮湿的目光爱抚,
每一片香椿。

香椿是母亲最贴心的孩子。
迎着阳光竞赛似的疯长,
像贪玩忘记回家的顽童,
躲闪在浓密的叶缝,和母亲捉着迷藏。

母亲永远记得孩子的乳名。
一声轻柔地呼唤,椿芽儿,

冒出的枝丫儿们跳着欢快的舞蹈，
一头扎进母亲的怀抱。

以翠绿的姿态排列，
身上还沾着昨夜母亲亲吻过的泪珠，
香椿，孩子样乖巧地依偎在母亲身边，
香甜地睡着。

长夜里,我不安地醒来

长夜里,我不安地醒来。
得去任城中医院找个熟人瞧病。
莲心三十,栀子十五,淡竹冰糖适量,
水煎,勾兑生活原浆。

请原谅一个抑郁者的失眠。
会痛的石头,皇帝的新装,
更多的其实还是自我较量。
人们漫步北湖时,
有的看到碧水、茅草和野鱼,
有的想到从善如流以及实用主义。
有的,甘愿让风灌满身体沉没湖底。

又快过年了。
把日子过得行云流水,
大概就算成功吧。

一个逼仄的小角色，在湖心岛上号啕大哭，
穷得不肯上岸。

孩子们在隔壁的人间，捧着星星之火背诵，
白日依山尽，黄河入海流。
失眠的人在夜里继续醒着。
都说岁月是杀手，可谁不是，
欲说还休，半推半就。

这不是一般的夏夜

我所中意的夏夜,不是一般的夏夜。
要有潺潺的水响,晚霞必须雄心万丈。
那时,湖水隐入暮色。
夕晖柔软,我的心脏也是软的。

我并没有那么喜欢写诗。不过是,
那年我在河边,头顶刚刚飞过
南飞的雁。我突然很难过,
我和整条河流都在它们身后,越来越远。

风是看不见的风,
九颗星星一动没动。
现在我醒着,
我为自己在那么多重复的夜晚,
没能和你做同样的梦而沮丧。

这个世界上，只有你一个人还喊着我乳名

一生都在土地上奔走。

披星戴月，跨沟越坎，

熬，是你一声不响的字典。

现在，

你一定淋透了外面的雨，

吹够了四面八方的风。

要不是你说，人老了就不愿动了。

我真忘记了，

你的年龄。

你从未走出土地和厨房。

粮食和你供给孩子们营养，

甜的端给儿孙，苦的自己储藏。

你把日子穿成串，

一点一点结沉香。

这些年，

济宁到汶上的路越修越宽。

可是我怎么觉得，

离你越来越远了。

当年你送我去闯荡，

现在，

我成了你的远方。

这些年，

我到过不少的地方。

认识我的人都握手示敬。

这个世界上，只有你一个人，

还喊着我乳名。

这样的雾,我无法向你描述远方

城市和村庄被浓雾吞没的时候,
远的不再远,近的不再近。
所以现在,雾是一个形容词。
一想到这里,
我就原谅了所有的沮丧。

在雾里行走,
你必然要产生敬畏。
雾,是上苍悬空的眼睛,
你可以把回家的路灯,
当作内心仅剩的半支烛火,
照着我们把剩下的路,小心翼翼地走完。

一团雾在远处刚刚散去,
又一团在眼前升起。
这样的天气,
我无法向你描述远方。

如果没有这场雨

首先得有颗雨水的心，
才可能在雨中领悟，才会
被这场雨认作故人。
当我说，下雨就是
天上的雨在替地上的人说话，
雨就越来越大了。
但是
我并没认为这是一场念旧的雨。
你看，那些被雨水清洗的草木，
雨后，它们立刻换了簇新的样子。

比起那些艳阳高照的日子，
每一滴雨都碎得很具体。
像我至今遇到的
如此多的难题。
现在，

我认领它们时更加恳切了,
我的恳切常怀警惕之心。
这场雨后,天就凉了,
凉是艳阳高照的日子里孤独的故人。

总有一场雪,为那些缺憾的日子而来

燃烧,从这场雪开始,
从我的眼睛看向你。
天空怀抱雪花,像怀抱熊熊的火焰。
而日子总是陈旧而新鲜,雪下了又下。
北湖之前,我们就是这样
各自走来走去。

现在,你见过了星辰和运河的落日,
作为被风雪继续吹着的故人,
我开始相信,总有一场雪,
为那些缺憾的日子而来。
也一定有更多的风雪,在天空炸裂出火焰。
不过现在,我已是如此骄傲。

总有一场雪，为那些钝感而沉重而来

燃烧，从这场雪开始
从我的眼睛有何仔。
天空怀抱雪花，像怀抱熊熊的火焰。
而日子总是了解旧而新鲜，雪下了又下。
北湖之畔，我们就是这样
各自走来走去。

现在，你见过了星辰和这河的诗句，
作为被风雪往返收看的故人，
我开始相信，总有一场雪，
为那些钝感而日子而来。
也一定有更为而沉雪。
化天空炸裂出火焰。
不过现在，我已是如此骄傲。

但是我不曾对你们说爱

写封短信给你，短促旧时光
写小兽奔跑，频频回头
把热烈的爱，徐徐地里蹭了又蹭
写雪和雨水，野花呼喊
破天荒爱因为黎明，以及
我们多想支持过的，蓬松的鬓。

雨停总是破门而入
我等越了一夜入骂，才挨着一扎樱桃花下
那里渡出画符，开满了樱花而吹嘘
它们该有多么爱，开了又开一无又一无
但是我不曾它们说
我要住在鬓里，它已笑出声来。